UN GRITO EN EL DESIERTO

Diseño de tapa: María L. de Chimondeguy / Isabel Rodrigué

Cuidado y edición del manuscrito: Noemí Memi Varrone

VÍCTOR HUGO MORALES

UN GRITO EN EL DESIERTO

EDITORIAL SUDAMERICANA
BUENOS AIRES

IMPRESO EN LA ARGENTINA

Queda hecho el depósito
que previene la ley 11.723.

Humberto I° 531. Buenos Aires.

ISBN 950-07-1374-8

Gracias a
Jorge Collazo
Adrián Paenza
Silvia Puente
Ricardo Matosián
y a la realidad

1

EMPLEADA SE NECESITA. BUENA PRESENCIA...

Las jóvenes muchachas, de 18 a 25 años, como pedía el aviso, esperaban desde las ocho de la mañana en la puerta del solarium y hasta dos cuadras más allá, donde la fila se desordenaba y ya no podía determinarse cuál de ellas estaba delante de las otras. Aparecían las del final, desesperadas por ganar un lugarcito valiéndose de la confusión, sin pensar que la diferencia entre llegar número 189 o 205 no podría cambiar sustancialmente sus destinos. El dueño de tan inmensa riqueza de tiempos e ilusiones las examinaba a partir de preguntas ya portadoras de ciertas advertencias. Había en él un dejo de picardía: *¿Tenés novio? ¿De veras no?, nunca entenderé qué miran los muchachos...* Pero sabiamente volvía a la formalidad: *No, ocurre que si estás juntando plata para casarte, el sueldo te resultaría irrelevante. Pero si vivís con tus padres y la idea es ayudar con otro sueldo, este trabajo es tan bueno y tan malo como todos los que ya habrás visto.*

Casado, con dos hijos, galán tardío de gimnasio,

bronceado en agosto, había despedido a la empleada anterior un poco por ese hábito que ella tenía de escaparse a fumar, pero mucho más porque el novio venía a esperarla en la puerta: se sentía observado con cierta burla, o un aire de inaceptable superioridad. Y entonces descubría que ese zaparrastroso de jean tenía más poder que él; seguramente el muchacho conocía todos sus lances, las invitaciones a fiestas, y hasta la invitación al famoso viaje a Río que ella desestimara sin siquiera una mínima sonrisa: *No, no tiene sentido* —le había dicho—, *¿no le parece absurdo?* Humillado, terminó por dejarla sin trabajo. *Que se case con la plata de otro.*

Y puso el aviso, el clásico "se necesita" al que corren presurosas cada día cientos de personas, miles, millones, convirtiéndose en parte de las estadísticas. Las ciertas, las discutidas, las frías, las inhumanas estadísticas. Apenas un porcentaje resuelto aquella jornada del solarium, con una empleada que por 600 dólares en mano cada mes tendría que trabajar nueve horas diarias o más, comer —si fuera posible nada, porque transporte y comida le llevarían casi todo su ingreso—, resistir con elegancia, frialdad, perseverancia y amor propio los avances del dueño o entregarse una, dos veces por semana, tomar los mensajes de la mujer, ser simpática con los hijos, ayudarlo a zafar de otra amante... hasta un mal día llegar a preguntarse si no hubiera sido mejor, más decente, remunerativo y divertido haberse dedicado a la prostitución.

Una había sido la ganadora aquella mañana. Miles de mujeres se habrían quedado en sus casas o buscado otros "se necesita", porque éste exigía buena presencia y con esos kilos de la desesperación y esa ropa y esa sensación de no valer nada, con la autoestima en su nivel más bajo, si alguna certeza les pertenecía era la de ser un descarte de la reclamada belleza. Entre las que acudieron al aviso, las más afortunadas —sin considerar a la supervencedora, claro— resultaron ser las que se marcharon más temprano. La mayoría perdió otro día, lo cual sabían ya al llegar. *¿Por qué a mí? ¿Qué puedo hacer mejor, cómo demostrarlo entre tantas?* Los comentarios de todas hablaban de una desesperanza absoluta respecto de la suerte que podían correr:

—Yo vengo porque así me parece que estoy haciendo algo.

—Peor es quedarse de brazos cruzados en casa.

—Todos salimos, mi viejo, mi hermano, el perro... él al menos vuelve con algún hueso.

—Es que no te podés quedar de figurita mientras los otros se matan por conseguir algo.

—Yo siento la mirada como de pena y de rabia de mi madre, ya la empiezo a esquivar a las nueve de la mañana. A las tres de la tarde, antes que intuir su mirada, ya preferiría que tomara un puñal y me lo clavara en la espalda.

—Yo vengo, pero me queda plata para tres viajes más al centro. Después, como no sea en el barrio, no tengo manera de moverme. Si me miran, que miren. Yo ya sé que hice todo lo posible. Terminé el secundario "porque sin eso ni sueñes", me decían.

Hice tres cursos, siempre hay que estar preparada y no sabés por dónde puede una salir a flote. Sé computación, inglés, y a esta altura soy perito en combinar micros de transporte. ¿Qué más puedo hacer?

—Se van a reír pero yo estoy aquí sólo para matar el tiempo. Las horas me resultan días si me quedo quieta. Sé que no voy a conseguir nada, pero tengo dos horas de viaje que son una esperanza si pienso que en la fila habrá cinco personas, que a tres no les gustará el sueldo, que entre la otra que queda y yo me eligen a mí, o si querés, están a punto de elegirme y quedo segunda. Eso me hace sentir bárbara. Después, las horas de espera son una especie de inversión que hago: conozco gente, me entero de alguna oportunidad que de repente otra chica desechó por el sueldo o por la distancia... Así paso el día, y lo siento menos.

—Pero te mata volver con las manos vacías. Con la sensación de que no te van a llamar nada. Afrontar en tu casa el clásico "cómo te fue" y decir que no sabés sabiéndolo, querer quitarte de encima el tema diciendo que hay que esperar, que a lo mejor, que buena impresión hiciste pero había como mil y andá a saber...

Estadística en mano y conociendo al dueño del solarium, desde el bar de enfrente —el único asunto divertido eran las apuestas que allí se hacían sobre las cuatro o cinco que tenían real chance— podía asegurarse que muchísimas de aquellas chicas de buena presencia, estudios completos, con conocimiento de idiomas, necesidades económicas y condiciones psicológicas extremas, jamás podrían insertarse en el mundo laboral. Rigurosamente podría afirmarse que nunca, nunca, llegarían a vivir el emocionante momento del primer sueldo, la primera gratificación que significa darse un gusto con el dinero propio. Algunas, las menos, llegarían a la meta contando unas semanas. Un alto porcentaje tendría que esperar meses para conseguir un trabajo, actividad que seguramente no guardaría ninguna relación con lo que buscaban en los primeros intentos y mucho menos con los sueños de la superada adolescencia —para adolecer luego de todo lo que la vida hubiera parecido prometerles.

2

ONCE ES UN NÚMERO

Laura, una joven de 23 años, abandonó Derecho tres meses antes de recibirse, arrancada de la facultad cuando su padre se convirtió en el número 1.957.211. Terminación: 11. Él había vuelto una mañana diciendo que ése sería ahora su nombre, según el título de tapa del diario donde podía leerse el número de desocupados hasta ese día. Eligió esa ironía para anunciar que había sido, también él, a los 51 años, declarado inútil para la sociedad, y se preguntó, con lágrimas de impotencia, cuál mierda sería su nombre si se tomaba estadísticamente todo el país.

Soy un número, piba, ¿entendés? Llamame Once desde ahora, aunque en el fondo tengo la duda de si antes de las ocho y cinco de hoy no habrán echado a algún otro infeliz.

Once se "entregó" a las seis semanas: *Si podés dame una mano, esto no es joda. Tengo la sensación de que nunca más me van a dar bola. Y los voy a joder yo, porque un día me caliento y no voy más a que me miren con esa compasión de mierda y me expliquen como eligiendo las palabras. Todavía me los banco por ustedes, pero un día me planto en la calle y les digo que se metan el mundo en el culo.*

Laura, con ese humor corrosivo que desarrollan los lúcidos desplazados, cuenta las penurias de Once como si le ocurrieran a un vecino de la cuadra. Hay que aprender a reírse, desarrollar la ironía, evitar la queja, esquivar a los boludos que todavía creen en una salida laboral, no hablar en las reuniones sociales o mejor no ir, y sobre todo elaborar un reglamento interno, en familia, para no caer en la trampa del odio, de la acusación solapada: *Si no lo hacés, al rato, en tu vida, lo menos importante que perdiste es el empleo. Hay descubrimientos extraordinarios si los sabés ver cuando te quedás en la vía: lo que dura un día; con cuánto menos se puede vivir; cómo se borran los otros y cómo reaparecen cuando les toca el turno; la relación amor-odio con la televisión que te deja idiota, con la vista perdida, la cabeza en otra parte, y cuando de repente aparece uno de "ellos" o en el noticiero te quieren vender lo del producto bruto que crece, le hablás, la acusás, la puteás, la convertís en un referente de tu vida y, sin embargo, la necesitás como el pan, más que el pan, porque te ayuda a que el maldito día avance, a no darte cuenta de cuánto hace que no suena el teléfono, a no andar contando los ahorros ni pensando a quién te animarás a pedirle plata por primera vez y cómo sigue todo después de ésta.*

Uno de los improvisados encuestadores del bar

sugiere a la nada desdeñable Laura que ese día, si le sobra tiempo, él podría invitarla al cine. El largo monólogo se convierte en una mirada interminable: *Ya pedí de acomodadora, pero no hay. Te agradezco.*

3

LAS CIUDADES QUE LA CIUDAD ESCONDE

—¿Saben qué es lo que menos soporto? La mirada de los que pasan por la calle. Me siento indefensa, peor que desnuda. Ellos saben instantáneamente todo de mí: qué me pasa, cuánto dinero tengo en la cartera, que no voy a conseguir nada, que tengo mi currículum abajo del brazo, que estoy cansada, que no me interesa hacer el amor ni tengo ganas de volver a mi casa, que me levanté a las seis, que me estoy volviendo matera a la fuerza... Claro que en ese cruce, también yo puedo decir, por lo menos, si algún par de ojos pertenece a un desocupado o a alguien que todavía tiene empleo.

Algunos caminan y presionan con el labio inferior al de arriba en lo que parece una sonrisa fingida, mientras suben pronunciadamente las cejas *—parece que estuvieran probando cómo les quedaría un lifting,* piensa Laura—, y dicen varias veces que sí con la cabeza. Ésos están en la misma. Es todo un discurso el cruce de miradas. Un simple gesto pregunta adónde iremos a parar. *Está bravísimo* —confiesan—, *qué fracaso, cuánta ignominia.*

—Son un espejo, por eso no los resisto. Seguro que yo también hago las mismas morisquetas. ¿Qué es esto, el juego de las compasiones? Sólo falta que nos digamos algo así como "no se puede creer".

Hay varias ciudades adentro de la ciudad. Uniformes con una etiqueta anuncian de dónde procede la gente. Laura bromea con que ella pertenece a una de esas ciudades donde vive más de un millón de personas que ya no tienen agua potable, ni luz, donde queda un solo teléfono y todos hacen fila con derecho a estar un minuto frente al aparato. Si suena, el que está parado allí atiende, dice a todo que sí y se muda a otra ciudad, más grande y con ciertas comodidades ya olvidadas —eso de la luz, el agua...—; hasta se ven sonrisas allí. Entonces a ése le toca ir quince días a vivir en esa gran urbe. Se sabe de algunos que han permanecido hasta un mes en la ciudad de los grandes servicios, y es insufrible el cambio de personalidad de quienes no vuelven sino hasta después de un largo tiempo.

—Pero hay una ojeada peor que el vistazo de los desesperados. Son los que van por la vereda con aire triunfador, y mientras siguen hablando de sus cosas te registran perdedora, vencida. Entonces el arqueo de las cejas es más pícaro, más rápido, y sentís que piensan lo fácil que les resultaría hacerse un levante. Pero, justo están en otra cosa, así que te perdonan la vida. Yo los acompaño un par de metros sólo con los ojos, y les digo sin odio "la puta que te parió". Después tenés a los que andan muertos de miedo. Ésos no te miran, van ensimismados, per-

plejos, el paso es más rápido que el de los desocupados y no tienen ese saltito ágil, despreocupado, de los que se piensan con la vaca atada.

Los habitantes de "Temporaria" viven como agachados. Caminan casi en cuclillas. Es cierto que mantienen algunos privilegios, pero el precio en términos de degradación es altísimo. Los condiciona ese letrero escrito en la única puerta de salida de la ciudad: "Si no les gusta este pueblo hay uno peor", y una flecha señala dónde queda ese otro sitio que algunos llaman "Cesantía", otros "Desesperanza", y que la mayoría ni nombra. Temporaria y Cesantía se desprecian, y con buenos argumentos. Los del único teléfono envidian a quienes están mucho más cerca de lo que se llama vida —aunque no la vivan—. Y los que trabajan de vez en cuando saben que la oferta de los desesperados tienta a los empleadores. Si no existieran los desesperados, ellos serían más importantes y necesarios, y quizá hasta más caros. Podrían discutir los horarios y tal vez correr la aventura de reclamar un aumento. Se harían contratos más prolongados. Pero eso es imposible con todos esos regalados que al primer llamado no trepidan en aceptarlo todo, y salen corriendo con la ilusión, pobres tontos, de que ése puede ser un paso para ir más allá, donde está la vida. Esos desesperados son el reaseguro de quienes ofrecen simulacros de empleos.

Injusto recelo. En 40 meses, a partir de 1994, desde la Capital y el conurbano de Buenos Aires, se fueron a vivir a Temporaria cerca de 800 mil personas. Casi la mitad de toda la masa ocupacional tenía antes una actividad estable. Apenas tres años más tarde, ya en el '97, menos de la tercera parte —sólo un 28 por ciento— gozaba de empleo fijo.

—Pensar que cuando yo tenga la edad de Once seremos en el mundo 8.500 millones de personas. Si ahora, con 6 mil, ya sumamos 2.500 millones sin trabajo, decime dónde me imaginás en esa época. Si yo dejé ahora una carrera a la que tengo "ahí", a cuatro libros, adiviná en qué etapa, del primario nomás, mis hijos habrán dejado todo. No, no voy a ser tan inconsciente de tener hijos, no les voy a hacer esa macana. Pero suponete que se da así, que en el 2000 se me ocurre concebir un hijo, ¿no habría que internarme?

—Si te vas al mazo con una salida al cine, no parece que estés corriendo demasiados riesgos.

—No entendiste nada.

4

PALOMITAS BLANCAS ERAN LAS DE ANTES

En el conurbano bonaerense, 9 de cada 10 pobres mayores de 14 años no terminan el secundario. De aquí a decir que antes de terminar el milenio ningún pobre terminará ese nivel de estudios, hay menos que un paso. Porque el panorama empeora cada día, no ya cada década. Antes no podía advertirse semejante deterioro por la lentitud del cambio, ahora porque ya casi no hay tiempo para registrarlo. Los datos estadísticos no cesan de vomitar números para el escalofrío, pero los números se convierten sólo en eso: cifras que significan nada porque no llevan nombres ni mucho menos historias de vida. Y hay que ser justos con aquel dato, porque se mantiene al tope del mercado del asombro desde 1991. Es lo que llamarían los alegres anunciantes de las FM un auténtico "hit parade", porque ya van siete años del mismo baile; siete años desde que entró en las computadoras para ser procesado, digerido y archivado en un disco duro, tan duro como el pan de cada día.

No ha sido fácil voltear ese 1 de cada 10, pero si se habla de 8, o de 7, o de 6 de cada 100, las cuentas empiezan a cerrar mejor, y un mal día se llegará a 0 de cada 10.

La gráfica no escatima angustias. En 1996, en la misma zona, la mitad de los adolescentes pobres, de 9 a 14 años, abandonó el colegio. Hay otro movimiento, sin embargo, en este rubro. Hace siete años, la estadística hablaba de algo menos de un 40 por ciento de adolescentes de sectores carenciados que dejaron el sistema educativo, sin que la gráfica en la cual cayeron fuera detectada. La línea se mantuvo oronda, diagonal con ansias de verticalidad en toda la década, hasta rozar el 50 por ciento en el año '96 de la nueva era. Un saltito, un mínimo esfuerzo más y llegamos. ¿O no es a esta altura un verdadero "but", un objetivo cumplido, casi un motivo para el abrazo? ¿No son esos muchachitos un alimento extraordinario para la masa laboral? ¿No la debilitan aun más, al aumentarla? ¿Para qué se necesita gente más allá del 2000 si no es para trabajos despreciables? ¿Que puede peligrar la seguridad?: reforcemos la capacidad de respuesta eventual, alejémonos, pongamos algunos muros, vigilancia en todas las esquinas —en las que se pueda pagar—, y encogiéndonos de hombros digamos que el mundo está así, que la mano viene pesada y que no pertenecer es peor. ¿O no nos alcanza con ver todas esas matanzas africanas?

Un elemento cuando menos perverso es que el discurso de salvación pasa forzosamente por la capacitación. *¡Pero querido!, ¿qué puedo hacer por usted si no me ha estudiado nada? ¿Adónde va a ir ahora, me quiere decir?* ¿Y no tiene razón el bienintencionado seleccionador? Él, como queda claro, no está ahí para hacer beneficencia. Lo han puesto, han confiado en él —por ahora— justamente para darle a la empresa empleados capaces, obreros calificados. *Y usted me viene con las manos vacías, sin un certificado ni de primaria. ¿En qué mundo estamos, eh?*

Pero la escuela tampoco tiene demasiada justificación en la vida de esos desertores de la educación. Para pasársela repitiendo, para que los niños pierdan el tiempo ocupando durante años la misma aula, mejor se ponen a trabajar aunque esté prohibido por la ley. Son tan baratos, calladitos y sumisos que se vuelven un verdadero tesoro. Además, poner a que hagan lo poco que hay por hacer a personas más preparadas sería como insultarlas. En Neuquén, por ejemplo, 15 de cada 100 repiten; y las demás provincias argentinas por ahí andan. Entre un 15 y un 10 por ciento. Fuertemente demostrativo de que son las condiciones económicas y sociales las que empujan a esos dolorosos porcentajes resulta señalar que en la ciudad de Buenos Aires, donde se da la mejor condición de vida de la población argentina, solamente repiten el año 2 alumnos de cada 100. Estas cifras empeoran en la mayor parte de América latina. Como dirían las abuelas exigentes: "A esos chicos no les entra nada en la cabeza". ¿Qué tendrán, no? Porque lo que es sesera no abunda, ¿no es cierto?

Después de los cinco años, todo lo que un niño perdió por culpa de la mala alimentación es irrecuperable. La inteligencia que no se formó en sus cabecitas, cada bolo alimenticio que les ha faltado en esa etapa, aunque después se los lleve a vivir en palacios y se les den los más maravillosos manjares y todas las proteínas, y aunque esto se haga por el resto de sus vidas, es casi imposible que pueda desarrollarse como se desarrolla en niños bien alimentados desde su nacimiento. Aquéllos nunca recuperarán la dignidad perdida al nacer. Están seleccionados ya, sin haber incurrido en ninguna culpa, salvo la de venir al mundo a integrar la masa de los estorbantes y a hacer más grandes —hasta privarnos de la capacidad de asombro— los números fatídicos que ocultan los discursos triunfalistas de los candidatos globalizados y alimentan las razones de los que, por más que griten, si acceden al poder no podrán, no se animarán a cambiar el curso del río para el otro lado.

Tímidamente, en 1997 se reconoce en la Argentina que casi 250 mil niños trabajan. Pero aquellos que pueden estudiar el fenómeno sin involucrarse con los sectores de poder saben que la cifra es muy superior. Es cierto lo que dicen quienes se manifiestan hastiados de tanta mendicidad: *No podés caminar sin que te mangueen, ya no se come tranquilo, estás con un bife en el plato y terminás haciendo la digestión con un nudo en el estómago. Yo les ofrezco algo de comer si quieren, pero ya no doy más. Oíme, con esa juventud, ¿me vas a decir que no tienen aunque sea un patio para barrer? Hay que ir con la ventanilla alta, sé cuáles son las esquinas donde esperan y ya estoy tomando otra calle. Yo llevo monedas, saco una mano y les doy, es más rápido.* Pero los suplicantes son apenas una parte de la realidad. La más molesta, en todo caso. ¿Qué hacemos con la desintegración de sus hogares? ¿Es tal la ceguera que no se puede ver el futuro que se "construye" día a día? Detrás de esos niños, muchísimas veces empieza a haber jefes de familia que han quedado inactivos después de haber sido respetables trabajadores durante toda su modesta biografía. En ella escribieron sus mil vicisitudes, y consta en esas historias un esfuerzo permanente por creer que al menos sus hijos se salvarían de quedar marginados en el reparto de los bienes más deseados. Y ésa era su dignidad. Aceptaban morir sin nada, pero los descendientes no tendrían que avergonzarse de su padre, porque habrían recibido *aunque más no sea la educación que yo no tuve*. Ellos no saben robar, de la violencia sólo conocen la parte de las víctimas, se sienten estafados; se esconden, degradados, tras la escueta información de algún ministerio en la cual se señala que, de los desocupados, 85 de cada 100 son ellos, y que 31 de cada 100 son jefes de familia. ¿Qué les queda de ese generalato histórico? Después de la primera vez que disimularon cuando el hijo llegó con algo que le dieron en el bar de la esquina, o en la calle, ¿qué orden pueden dar? ¿Cuáles son los rangos ahora? Si recordamos que la familia iba a ser la base de todo, la célula fundamental, ¿qué va quedando de familias así? ¿Pueden ser acusados esos padres de ser los responsables, los promotores de la falta de apego al hogar, de la desintegración familiar? Hubo generaciones enteras que crecieron con toda la familia reunida al mediodía y a la noche. Charlas, peleas, chicanas, inevitablemente amor. Armemos esa mesa y veamos cuántas sillas se perdieron en estos últimos tiempos de soledades globales.

Los niños de "y mañana serán hombres", ya son hombres hoy. Trabajan, piden, hacen de padres de sus hermanos menores en un esfuerzo que no les será registrado por ningún encuestador; comen resentimiento, beben violencia, visten trajes de oprobio, se desintegran de todo ideal de pertenencia. No hay familia. No hay país. Y en todo caso, ¿qué país? Si la educación es un factor que hace a la identidad, si lo que más integra a un chico de Jujuy con uno de Buenos Aires, al de Montevideo con el de Tacuarembó, al de Temuco con el de Arica, es la instrucción que reciben sobre su geografía, su historia, sus héroes, y todo aquello que se les ofrece como patria —ya que tierra por ahora no hay—, ¿cuál será el elemento unificador? Mucho más cuando —por si alguien se tienta con la respuesta irónica de "un canal de televisión los une"— resulta que los satélites garantizan la diversidad, el alejamiento, aumentan las distancias.

La calidad de dignidad a la que aspiran sus habitantes es lo que define la grandeza de un país. Hay que saber detectar cada detalle que baje el techo del decoro. Cuando la insensibilidad aumenta, cuando se toma como cosa natural que existan los desclasados, los esclavos, y nos justificamos pensando que es culpa de ellos o de la naturaleza, estamos plantando la semilla de cualquier infamia. Cuando el presidente de los Estados Unidos pide perdón a los negros sifilíticos que no curaron para ver qué pasaba así con ellos, para saber cómo evolucionaba la enfermedad sin un tratamiento, está queriendo restituir aquella dignidad no reconocida. Si los negros no eran dignos de nada, ni de piedad, ni de la clase de muerte a la que podían aspirar, los que asumieron aquella decisión, los autores del experimento, no se valieron de una autoestima mesiánica. Tomaron los datos de la realidad. Estaba muy claro que, en tanto negros, no merecían un trato humano. ¿Pero eran los negros en aquel tiempo destinatarios de un concepto mejor que los millones de pobres de hoy? ¿Hacia qué experimentos se estará avanzando por estas horas, cuando en el mundo ya son 140 millones los niños que no asisten a la escuela por la pobreza generalizada?

Por lo pronto, algunos se animan cada día a disimular menos. Dejemos a los pobres. *Siempre los hubo* —dice algún gerente regional de la globoflexitecnoépoca—, *lo único nuevo es que aumentaron, se han multiplicado un poco.* Tómense a los desprevenidos chicos de una escuela privada de Santiago del Estero, en la Argentina del '97, que fueron apartados de las aulas porque sus padres no podían pagar la cuota mensual. Deambulaban por el patio del colegio; a eso se los condenaba mientras no completaran sus pagos. Imagínenselos caminando como presos en un recreo carcelario, mirando hacia los salones donde se les dicta clase a los hijos de padres que aún pueden pagar. Pateando piedritas, objetos de burla, desdeñados, aprendices tempraneros del oprobio. Las miradas de los otros, los comentarios en voz baja que terminan con una inexorable mirada compasiva, y alguna vez con una risita del que podía cobrarse con el desaire un 'fault" de viejos recreos. De vuelta en sus hogares la discusión familiar rogando que se les evite el escarnio, y los padres obligándolos a seguir, creyendo que de esa forma se podría presionar sobre la conciencia de los educadores. ¿Educadores? No. Unos correctos señores que tienen un negocio como tantos, con todo el derecho de ganar lo que les corresponde y que, como en otras actividades, no están dispuestos a regalar su esfuerzo. ¿O acaso los helados y las entradas al fútbol son gratis? Así funciona la sociedad. Y el fugaz asombro de algunos diarios ignorando las reglas de juego. Entre aquellos negros pecadores que no valían nada, a los cuales se les concedió la oportunidad de servir a la humanidad, y estos chicos cuyos padres no pagaron —y con los que se tuvo la deferencia de avisarles que no concurrieran a clase porque no entrarían al aula—, el tema siempre pasa por la dignidad y lo fácil que puede resultar ofenderla, ultrajarla.

¿Y quién está para decir basta? ¿Un poder que

actúa de la misma manera? ¿Un mundo que se quedó sin proyectos políticos, porque los que planifique no serán permitidos por los ministros de Economía y sobre todo por el poder económico mundial? Los que avalaron este triunfo de los números, las cifras —los orates del producto bruto, los apóstoles de la globalización, los fieles flexibilizados de hecho y por decreto—, ¿qué pueden recriminarles a las autoridades de ese colegio? Y los que para ocupar el poder aceptan que éste es el único camino y aprueban el modelo, ¿qué podrán hacer ante la afrenta si sus políticas, y por ende sus leyes, tendrán que respetar los dictados globales?

Al diluirse la responsabilidad de la política en aras de la economía, el mundo ha quedado en manos de grupos de señores que no están obligados a una ética de servicio como la que deberían tener los hombres que representan a sus pueblos. ¿Cómo podríamos exigirle a un señor que ya no vive ni siquiera en la misma ciudad y está por encima de los países, que se preocupe por la educación de los "países quioscos" a los que tiene él la generosidad de acercar el progreso, la tecnología, y todo aquello que convertirá esas bocas de expendio, esos puestos de venta, en un lugar como el mundo y Dios mandan? Por otra parte, ¿dónde está, quién es ese hombre? ¿Existe? ¿O él también está sumergido en la misma máquina infernal que fue creando? ¿Quién tiene ya verdadero poder? ¿El monstruo no es en realidad algo intangible al que, como un personaje de horror de Hollywood, no le caben ni las balas; creado desde la conciencia del hombre de negocios a quien, ya perdido el control, el monstruo mismo fue vaciando hasta convertirlo en un engranaje más?

Hablamos de países como la más elevada manera de agrupar a los habitantes del mundo. Decimos país, patria, y esas palabras parecen poder con todo. ¡La pucha! Uno dice "mi país" y siente que no hay nada por arriba. ¿Quién podría venir a decirle nada en "mi país" al gobernante que yo elegí como mandante soberano que soy? ¿Quién sería tan iluso de pedirle desde afuera que haga las cosas como se le dice y no como me prometió a mí cuando me sedujo —acaso desde la mayor sinceridad—?

Pues bien. De las cien economías más fuertes del mundo, 51 son corporaciones. De las 40 mil que se registran, 200 dominan un cuarto de la economía mundial. Traducido a términos de producto bruto interno, lo que factura la más grande de las corporaciones japonesas, es equiparable con el país número 22 del globo. Se quitan las nueve mayores economías —Estados Unidos, Alemania, etc.—, y el resto —es decir 182 países, mientras alguna parte rica no se separe de la parte pobre o algún norte no trace una línea con el sur— tiene menos que la facturación de las 200 corporaciones más poderosas. Y éstas les dan trabajo solamente a 20 millones de personas, o sea a la tercera parte de un centésimo del 1 por ciento de la población mundial —según publicación del diario *Clarín*, por Diane Stafford, en octubre del '96, con cifras aportadas por un centro de investigaciones de Washington—. Puede pensarse, entonces, que el papel de la inmensa mayoría de los gobiernos es designar a los empleados de las oficinas que legalizan ese paisaje desolador. Son los únicos que hacen alguna falta para completar la organización. Con mejores máquinas, en el mundo sin fábricas del 2020, ¿cuántas Laura serán Once?

Todo lo que pueden hacer por nosotros es avisarnos que para afrontar ese mundo, definitivamente dominado por la informática, la única salvación es estudiar. Pero millones patean piedritas en el patio, afuera de las aulas, y no hay presidente que pueda enfrentarse a la denigración —aun si le importara— sin ofender aquello que hoy es el sentido común. Ciertamente, no tiene caso condenar a los educadores de aquella escuela santiagueña. Asumieron el mundo como el mundo es ahora, y no se les debe reprochar que a ellos les convenga actuar así.

El tema pasa por la dignidad, y no son los economistas los que pueden ocuparse del asunto; pero no porque no tengan corazón sino simplemente porque no les compete. Los economistas hacen las cuentas y ya bastante tienen con eso. Tampoco es justo pedirles todo a ellos, ¿verdad? Entonces, podría ser en la esfera de la política; pero es tan pequeña que ya no puede abarcar tales cuestiones. Porque ese hombre que pasa frente a las tropas, con aire de prócer, en cuyo honor se toca el himno del país que visita y el de su propio país, ese hombre que camina por una alfombra roja, protegido por decenas de personas, es... nada. Mientras la televisión nos muestra ese mundo de apariencia, en un impersonal hotel de alguna ciudad, arriba, en un piso alto, por unas horas otro señor de dos iniciales y de apellido Spencer, o Won, acaso Chang, coloca unos papeles sobre la mesa, recaba ciertas firmas, cena sin excesos, cierra su maletín, pregunta quién es ahora el presidente, dice ¡ah sí!, y se va a dormir lo antes posible porque su avión parte mañana temprano.

En su proyecto de presupuesto para 1998, la Argentina destina 6.770 millones para pagar los servicios de su deuda externa. Los servicios —se subraya—. Mientras que para educación habrá sólo 3.200. La prioridad es dos veces y media la deuda externa —reiteramos: sus servicios—, en una carrera que en los gráficos se representa como una tijera al marcar las líneas de las tendencias. Pero no sólo la deuda se devora las expectativas de los educadores: un inmenso porcentaje del presupuesto tiene que ver con planes sociales que permitirán disimular la tragedia de los ajustes.

Aun desde la peor opinión que se tenga de un gobernante, nadie puede aceptar que esta realidad es la que él prefiere. Como dice un jefe de sección, "esto viene de arriba". Y agrega: "No me puedo hacer echar por ustedes". El gobernante también tiene familia.

5

EL QUE BUSCA, ¿ENCUENTRA?

El lunes siguiente quedó claro que Laura no había sido la elegida. La victoriosa muchacha que tocó el cielo con las manos, la que seguramente habría vivido un inolvidable fin de semana, la que sintió que Dios se había fijado en ella, la que celebró con su familia y llamó a algunas amigas para darles la buena noticia, la que tuvo ganas de amar y pudo pensar que nada está perdido "mientras una se esfuerza"... ésa, fue otra. Una que empezó trabajando por 600 pesos mensuales, en un país donde la canasta familiar alcanzaba ese mes un costo de 1.600. Pero su papá aportaba casi 800 del taxi que alquilaba, con lo cual desde ese lunes la familia quedaba solamente a 200 pesos de pertenecer al "club del 20": el 20 por ciento que cubre la canasta familiar, y cuyos lujos hablan del mínimo de dignidad imponible.

Son millones los hogares superados por la marca de la familia de la nueva contratada. En los tres escalones inferiores de la sociedad, millones de grupos familiares andan por los 230, los 500, los 750 pesos. Al margen, claro, de los que ya ni figuran en esas listas, y que son algo así como los nuevos desaparecidos.

—*¿Sabés cuál es la genialidad?* —pregunta Laura a la salida del cine—, *que te hacen sentir una inútil. Vos sos la que fracasa, no el sistema. Me dan la libertad de caminar, de estudiar, de elegir, de votar, de irme del país, de volver... ¿Y yo, qué?, de brazos cruzados, viendo una película con cuatro tipos que quieren descubrir conmigo en qué país vivimos.*

Lo tremendo para las personas que van quedando al margen, en la banquina, es la pérdida de la autoestima. Y algo todavía peor: la escasa consideración de quienes las ven como fracasadas, como gente que algo habrá hecho o dejado de hacer para estar donde está. Reaparece el "por algo habrá sido". Alguien que busca trabajo y no lo consigue sufre una de las peores iniquidades que puedan concebirse. Desde ciertas posiciones que nos da esta lotería de tan escasos primeros premios, algunos podemos apreciar esa desesperación. Hay gente que sólo quiere entregar el currículum, esa carpetita infame en donde cuidadosamente cada uno ha escrito algo parecido a sus memorias, un resumen de lo actuado, un documento con datos comprobables, recomendaciones de compromiso de quienes están dispuestos a decir "Sí, lo conozco, buen muchacho, excelente familia". La crónica de una desesperación.

Por lo general saben que nada puede pasar, que los prolijos papeles en los que detallan sus estudios y experiencias serán metidos en cajones, amontonados con los que vinieron antes, jamás leídos ni considerados. Pero cuando ellos entregan sus hojas de servicios sienten que algo han conseguido. Aunque se les explica que por el momento es imposible, están ahí, insistiendo como en un tironeo al revés. Descubren entonces que entregar esa carpeta es un objetivo, una misión impuesta al salir de casa, algo que debe cumplirse a pesar de las secretarias del "No está, lo lamento, déjemela a mí", un gol en el arco del no va más, un instante de alivio, un segundo de esperanza. Se visten lo mejor que pueden, se preocupan por el aspecto, piensan bien las palabras que van a pronunciar, y buscan la dignidad de una voz que no se quiebre porque deben dar imagen de seguridad. La empresa no tomará a un desesperado, alguien que pierda la calma al mínimo traspié. Claramente se pide solvencia, presencia, capacitación, experiencia, antecedentes. ¿Cómo dar un aspecto de derrotado por más que ya se hayan perdido mil batallas?

—Once filosofa que cuando uno se cansa de soñar entierra sus sueños, y yo le contesto que no hay derecho. Lo hago porque no quiero que se caiga. Dice que no va a hacer ningún comentario de su vida, de lo que ha hecho: Ya le hablé a todos los amigos, más no puedo; si no me dan bola los que me conocen, qué corno puede hacer por mí un tipo al que le dé una carpetita con mis recuerdos, dice. Hay que tener fe, le insisto. No jodas, piba. Fe es creer en lo que uno sabe que no es así. Y yo no les voy a ofrecer también mi inocencia, me contesta.

Laura sufre mucho más por el dolor moral de su padre que por todo lo demás. No importan demasiado la falta de plata para salir a buscar un trabajo, la calidad de la comida que hoy se sirve en su casa, "descubrir el arroz a lo chino", matear para distraer el estómago, pedir el diario prestado, ver los libros ahí, a mano, y no tener el mínimo deseo de abrirlos. Once es el ídolo de toda la vida y no lo puede ver así, vencido, hecho pelota —aunque gracioso y sarcástico como nunca—.

Una tercera parte de los hogares se miran en este espejo, y la única certeza posible es que serán muchos más mañana mismo. Un tercio de los hombres que han conducido orgullosamente a sus familias, esos hombres que partían muy temprano y volvían con sus irrelevantes comentarios, sus quejas, sus esperanzas, su dignidad de conductores, hoy viven la perplejidad de sentirse inútiles. Ven de otra forma a su propia gente, todo les resulta acusador: mirar a su familia, meter las manos en los bolsillos, regar las plantas. Aprontar diez veces el mate. Tener tiempo para nada, escuchar la radio y reírse con alguna broma, engancharse con un partido por la tele... Mientras, afuera pasa la vida, que no será gran cosa —ahora lo ven mejor—, pero que parece mucho más vida que la que él respira. Y malaventurados los lúcidos porque de ellos será el reino de la desesperación.

—Antes era un aluvión, y ahora es una piltrafa el tipo. Dice que se siente atado de pies y manos, y jode con que le gustaría tener un revólver cerca, no

para suicidarse, afirma, sino para que quede claro que vive por elección. Pero aunque parezca un chiste y él te muestre el libro en donde leyó la frase, vos entrás a desconfiar, a semblantearlo. Una especie de análisis improvisado en el que a veces tratás de meter fe y en otras advertís que conviene hablar, nomás, de la pálida, y puteás con él y les das a los políticos, y a la televisión y sus mentiras, esa ficción, esa liviandad, esos avisos, esas historias en las que la tragedia es que dos mujeres aman al mismo hombre. Y te parece que así lo calmás, que lo dejás con piolín para ir tirando todo el día, hasta que volvés y está con el control remoto en la mano y cuando entrás levanta los ojos sin brillo, con esa boca que parece que se le fueran afinando los labios, con un rictus de amargura o de aburrimiento. Y para colmo le decís que nada, que otra vez nada. Y comprobás que quizás es mejor que sea así. Porque lo único que falta es que tenga la sensación de que vos estás parando la olla, y entonces sí, en el colmo de la humillación, abra la ventana y se trague todo el aire hasta el piso de la calle. Si consigo algo tal vez le miento que es por unos días, y la voy estirando, así lo embromo menos. ¿Estoy del tomate, no? Pero no les puedo decir lo bien que me siento ahora hablando, soltando el rollo, sacando este gato negro que viaja conmigo para todos lados.

6

CLASE MEDIO

Laura consiguió algo, y lo primero que hizo fue avisar a la clásica vecina que pasa los recados importantes cuando ya no se tiene teléfono en casa. Se quedó esperando el llamado de Once en la que desde el día siguiente sería su oficina, su puesto de lucha en una causa perdida de antemano; entonces advirtió que todavía no le habían dicho cuánto iba a ganar. Pensó —con la leve sonrisa de los que entienden la diferencia entre cómo debieran ser las cosas y cómo son en realidad— que ese detalle era un síntoma de otras derrotas. Había vencido en una insignificante batalla contra el desempleo, pírrico triunfo, pero ya estaba perdiendo. Sabía que no podría hacer nada con la indignación, pero se indignó igual. ¿Cómo se podía celebrar un acuerdo de trabajo sin que el empleador expusiera las condiciones y, mucho peor, sin que ella se animara a preguntarlo? Se enojó más que nada con ella misma. ¿Era indiscreto, impertinente, consultar ese detalle? O, peor aún, ¿consultarlo era una forma de la ingratitud? Le daban ocupación ¡y encima ella quería saber cuánto le iban a pagar!

Decidió conformarse con la idea de actuar en un medio que le era afín —un estudio jurídico—, con la posibilidad de mantenerse entrenada en la carrera, y contar con un empleo un poco más afortunado que aquel que había pensado antes de la debacle de Once. Por entonces, una de sus fantasías fue entrar en algún juzgado como meritoria, que no quiere decir precisamente reconocimiento de valores, sino trabajar gratis y aprender esperando la gran chance de convertirse en "pinche", que así se les llama en la jerga de la Justicia a los auxiliares de quinta. Más de mil esperan en Buenos Aires una chance así, que cuando se les da parece que el cielo se abriera. Y abogados recién recibidos, ante la promesa de llegar a pinches, muchas veces trabajan como meritorios. Laura debía reconocer que empezaba bastante mejor, por poco que le pagaran. De todas maneras, ¿cuánto sería el sueldo?

—*Cualquier cosa sirve, piba* —dice Once, por fin, desde el teléfono de la vecina—. *Volvés a tener un país.*

—*Ah, porque vos no, claro.*

—*Los grandes artistas y los desocupados no tienen país.*

—*¿Y vos no lo tenés por lo primero o por lo segundo?*

—*Soy un artista, piba. ¿Vos sabés el actorazo que hay que ser para fingir que estás vivo?*

Un trabajo se convierte en una gota celestial en

el cáliz amargo de la vida. Laura empezó con 270 pesos y la promesa de subir hasta 350 en los siguientes seis meses. Aquello, que era un insulto en términos absolutos, no estaba tan mal, sin embargo, teniendo en cuenta que un pinche de los juzgados no llega a los 500. Y una ventaja extra sería la de poder tomar un solo colectivo de buena frecuencia. Pero, además, encontró gente muy generosa: si sacaban a flote un par de juicios de inmediata resolución, habría algún premio especial.

Aunque ya le había anticipado por teléfono la noticia a Once, no se quedó a festejar con sus amigos encuestadores porque quería compartir con la familia este golpe de suerte. En casa estaban todos, con su mejor sonrisa: Once, y su catarata de frases mordaces con las que en realidad mantenía su mente fuera del asalto de la desesperación. La mamá, que en los últimos cuatro meses, cuando la bolsita de la plata del despido ya no hacía el bulto del principio, había vuelto a coser; recibía camisas y otras prendas ya cortadas y por dos pesos con treinta centavos las terminaba para que fueran vendidas en una tienda del Once. *¿Y en qué otro barrio se podía hacer rica mi mujer?*, preguntaba el padre de Laura. Y estaban también los dos hermanos, de 14 y 12 años, las víctimas menos avisadas de la catástrofe, testigos perplejos de los nuevos códigos hogareños de austeridad: poco bochinche, menos club, al que no le guste que no coma, quitarse los zapatos apenas llegados y ponerse las zapatillas, quién dejó las luces prendidas... Esa noche, hasta el espíritu satírico de Once claudicó, y todos parecieron disfrutar de irse a dormir temprano. Uno de ellos —Laura—, al otro día debía levantarse a las seis de la mañana, y la responsabilidad era asumida por toda la tribu.

Confesó Laura después que se había equivocado con su padre. Once estaba sinceramente feliz; el pequeño éxito personal de su hija era un alivio extraordinario para sus mortificados días. Y Laura lo sintió tan cercano, compañero, solidario... que ahí estaba el sueldo extra. Él mismo analizaba lo que se podría hacer con lo que ella iba a ganar: *20 de micro, 40 pesos para comer, 100 para mamá y 100 para vos.*

—Y vos no aceptás nada, por supuesto.

—No sumás, piba, no sumás. Ahí están quedando 10 para que te luzcas los viernes con un atado de cigarrillos. ¡Sabés qué placer fumar de arriba!

—Pero eso da un atado y poco más para toda la semana. ¡Se te está yendo el vicio!

—Para eso somos clase medio.

—Media.

—No. Medio. Medio que fumamos, medio que comemos, medio que vivimos.

7

VERDUGUEAR: EL VERBO DE MODA

¿Cuáles serán los caminos que Laura podrá recorrer? ¿Cuáles las elecciones que le evitarán humillaciones como las que padeciera en sólo una hora, cuando el cara a cara con el potencial empleador?

Como ocurre con cientos de miles de jóvenes, eso no se podría determinar. Se ha entrado en una etapa en la que la diferencia entre las personas no es lo que ellas hacen para conseguir un trabajo, sino cuáles son sus recursos interiores para enfrentar y padecer la situación. Los que menos resisten, terminan aceptando formas de semiesclavitud —como la de la anécdota de nuestra heroína— denunciadas por empleados de muchos supermercados "negreados" en jornadas interminables, a veces de 24 horas; degradados a controles obligatorios para los que hasta deben desnudarse; cajeras disfrazadas con ropas alusivas, ellas mismas convertidas en propaganda gratis de los productos según sea la promoción del mes; sometidos a cámaras filmadoras hasta cuando están en el baño; sin animarse a preguntar si les corresponden horas extra porque el jefe, el inseguro y precario jefe, puede responderles lo de tantas veces: *¿Vos sabés cuánta gente viene todos los días a rogar por un puesto sin preguntar por las horas que debe cumplir?*

Posiblemente sean trabajadores, también, los que vienen a competir con los que ya están en ese trajín. 85 de cada 100, entre las personas que "yiran" por la Capital Federal y el Gran Buenos Aires, tienen ocupación, pero no pueden soportar la relación con los patrones, o el olfato les anuncia que los van a despedir, o que ese tipo de tarea está en vías de extinción, o porque se gana poco casi nada, o porque al salario se lo devoran los transportes, o por el tiempo que entre viajes y trabajo invierten... y el hombre tendría cierto interés en dormir cinco horas por lo menos, y tutearse con sus hijos.

"Verduguear" es un verbo que en estas latitudes se conjuga con énfasis cercano a la pasión. La vileza se ha encarnado en el más frecuente de los vínculos humanos: las relaciones laborales. Un jefe es bueno si los tiene al trote. Si les hace marcar el paso, si es inflexible. Las empresas saben que un gerente significa más o menos dinero según posea o no esas virtudes. Y han estudiado el rendimiento de los más jóvenes, aquellos que tienen intacto el sentido de la conservación, los que tienen más miedos porque a su vez tienen más proyectos. Porque los veteranos se van entregando, como si después de los 40 tuvieran plena conciencia del final. Así que cuanto menos amistoso sea el ámbito laboral, mejor. Una broma, la risa, son una pérdida de tiempo, que a la vez es dinero que se esfuma. Robots, eso se busca.

¡Qué absurdas aquellas pretensiones sesentistas! Fueron muchos los que estuvieron a favor del robot. Los humanistas de entonces pensaban a los seres humanos en términos de una nobleza tal que les permitiera dedicarse a sí mismos. No podían ser felices, sugerían, los hombres que ponían mil veces por hora las mismas chapitas. Eso debía hacerlo una máquina y no el hombre, llegado al mundo con otras consignas. Discutíamos bajo la influencia de los primeros griegos leídos en el secundario; aquellos hombres que concebían el trabajo como una condición de los esclavos mientras ellos se ocupaban de vivir, del intelecto, del espíritu, del cuerpo, de la felicidad, en suma.

¡Qué fracaso tan extraordinario! En los sesenta, la reivindicación del hombre pasaba por discutir qué elementos aportaban a su felicidad. Menos horas de trabajo, más tiempo disponible, descubrir y apuntalar la verdadera vocación; es decir, apartar al ser humano de la condición animal o de simple máquina que empapela botellas la mitad de su vida.

Ahora esa época provoca insultantemente una infinita melancolía, porque la dignidad de un hombre, hoy, pasa por tener trabajo. Habitamos sociedades en las que uno puede, supuestamente, pensar, decir y actuar como quiera, y ésa sería una parte del decoro de los ciudadanos. Pero resulta que la única honra posible es conseguir un trabajo. Y no se hable del trabajo soñado, de aquel para el que uno se siente capaz, ni de un empleo bien pago y seguro, o de la promesa de que puede durarnos por lo menos un año. *Está bien tres meses, sí, sí, el sueldo es lo de menos, lo que quiero es trabajar, sí, claro, después vemos. ¡Usted no sabe la alegría que me da!*

Desdeñosamente, más allá de la grosería, en el mundo entero los hombres de la política hablan de flexibilización como el único camino a recorrer para que surjan empleos. ¿No está ya la flexibilización decretada de hecho por las propias circunstancias? ¿Cuánto más hay que rebajar al potencial asalariado? ¿Cuál es el límite de tanto desdén? Una inmensa cantidad de contratos tienen duración determinada; y han bajado un 6 por ciento en el '96 y un 7 en el '97 los de duración indeterminada. Las cifras de personal contratado o a prueba tuvieron, a enero del '97, un incremento del 320 por ciento. ¿Cuánto más se puede flexibilizar?

Se promete capacitación —trampa mortal y definitiva para las mayorías, pero imprescindible en esta coyuntura... ¿coyuntura?—; sin embargo, menos de una empresa de cada tres orienta a su personal. Y cuanto más medianas y pequeñas son, menos se preocupan. ¿A prueba de qué toman empleados? En enero del '96 se registró el 1,3 por ciento considerado en el rubro "a prueba". Un año más tarde, la avivada trepó a más de 6 puntos sobre el total de la población activa.

Pero hay que huir de la trampa de los números. Y preguntarse cómo vive y cuántas afrentas debe superar ese hombre a prueba. Con qué ganas come, qué les dice a sus hijos, qué proyecto se permite ese jefe de familia siempre visto como un titán... y ahora a prueba.

—*¿Cómo te fue hoy?*

—*Me pareció que estaban conformes. Uno de los asistentes me sonrió, me pareció una felicitación. Pero no hay que hacerse ilusiones, debemos esperar, a lo mejor, quién les dice, y entonces...*

Como sea, ese hombre está atravesando modos de desaparición. Se esfuma en el inmenso globo de la globalización. La ética del trabajo, cuando un hombre valía por lo menos de acuerdo con sus virtudes o según la suma de sus esfuerzos, y hasta podía proyectar en el comienzo de su vida qué iba a hacer con ella, o trazar una perspectiva y proyectarla para sus hijos... esa ética está en vías de extinción. Por entonces se había aprendido a ver el trabajo como algo natural que se debía dar al hombre, y sólo quitárselo en situaciones extremas. El que no producía era un vago —como el clásico tío haragán de tantas familias—. No trabajaba quien no quería; eso estaba claro, y por lo tanto el que no trabajaba era mal visto. Faltaba a la ética fundamental de esos tiempos. No tenía pundonor. Los que sí se ganaban el pan se sentían fuertes, porque resultaban necesarios, y por lo tanto poderosos. Así eran muchos menos los superjefes que podían menospreciarlos. Nuestros padres volvían a casa con un discurso básico que nos provocaba un cierto orgullo y nos preparaba para la vida de esa misma forma: *Me dijo que tenía que ir a tal lado y yo le dije que eso no es lo mío. Que si me lo pide a lo mejor, pero si es una orden se equivocó de candidato.* El más simple de los obreros parecía un intrépido. Eran lecciones prácticas, intuitivas, de cómo no había que dejarse pisar en la vida. Dignidad era trabajo, comida, hijos estudiando, que nadie viniera dos veces a cobrar una cuenta, pagar las cuotas, y que ninguno le pisara el poncho a uno porque sí. Valientes, osados, temerarios; así eran aquellos padres, que jamás deben de haber imaginado hasta dónde podría bajar el techo por entonces tan alto de la respetabilidad del hombre.

¿Qué grado de libertad sigue en pie ante las diferencias registradas en unas pocas décadas? Desde siempre, la libertad es reconocida como el bien más preciado. ¿Pero de qué libertad se habla cuando no hay dignidad? ¿Libres de qué, somos? ¿De elegir entre políticos que nada diferente ofrecen, atados como están de pies y manos a un modelo económico que se les dicta, impuesto por un mundo que les advierte que afuera es peor, y efectivamente lo es? Ya se había asumido que libertad implica la aceptación de no igualdad. El ejercicio a rajatabla fue postrando a las mayorías, y cuando las diferencias se hicieron pavorosas ni siquiera la dignidad del trabajo quedó en pie. ¿Cómo levantarse ahora? ¿Dónde están los apoyos?

Sin un hombre digno es imposible la existencia de un ser libre. Y si la inmensa mayoría no es libre, la democracia es una ficción. Concebida en nombre de la libertad se valen de ella los menos, justamente para usufructuar de las otras libertades, las del mercado especialmente; y en esa salvajada, como corolario de la atrocidad, vacían de significado a la condición de ser libre del hombre. Cuando la democracia es políticamente reducida ante el afán economicista, se ha puesto la piedra fundamental de su caída. Y se puede aceptar la sospecha de estar ya frente a un monumento de la época. Se reconoce a la antigua Atenas como progenitora de la bienamada democracia, pero pocas veces consta precisión de los pocos favorecidos por ella. En tiempos de Platón, a la salida de las grandes reformas, victorias y obras de Pericles, habitaban Atenas 400 mil personas. Solamente un 10 por ciento —40 mil pobladores— accedía a los beneficios de la organización del gobierno. Esclavos u otras categorías sociales —los que trabajaban— eran excluidos de los privilegios de pertenecer a la democracia.

Hoy se está cumpliendo el ideal ateniense a la perfección. Unos pocos ilustrados se dedican a las virtudes y, como sólo ellos conocen el camino, sólo ellos son dignos. De la riqueza, de proyectar, de educarse. Como aquellos griegos útiles dedicados únicamente al arte de la guerra, éstos se enfrascan en las batallas económicas que el mundo de hoy les ofrece. Se arman de computadoras, pelean por nuevas formas de colonización, se reúnen en las ágoras de los bancos para firmar los armisticios. Higiénicas guerras éstas, además, porque los únicos cadáveres son los cuerpos de los esclavos. Un detalle que se les escapó a los hombres sabios de Atenas: amaban tanto sus virtudes que eran también ellos mismos quienes marchaban al frente y morían; no sólo los que servían para trabajar. Ése también fue un período en el que por encima de todo se alabó la belleza. El pobre Sócrates, tan poco favorecido por la naturaleza, proponía otra superioridad que aquella basada en la apariencia. Apostaba a una forma de inteligencia pura, a la modestia de la condición humana. ¿Pero qué otros valores podían ellos —y se pueden hoy— santificar, que no sean los de la belleza? ¿Acaso podrían ser aplaudidas la solidaridad, la ética, la generosidad? ¿Y ejercitadas, además?

Casi burlones, cuando menos mentirosos, insensatos, los políticos asumen alguna responsabilidad. No advirtieron —o no les han avisado— que ya no tienen el poder: el mundo es un asunto económico, una serie de números, no una discusión política y de ninguna manera una confrontación de los argumentos con los que se quiere hacer más feliz al hombre. Eso ya fue. Y dicen, prometen, ofrecen, garantizan, imponen, anuncian que la economía de los países crece, que esto ya está resultando auspicioso, que en cualquier momento todos daremos el gran salto. Pero claro, para que las cosas sean así es menester aguantar un poco más. Estos ultrajes de los últimos años sirvieron de base para anunciar en la tapa de los diarios que el producto bruto interno ha crecido un 4,4. Pero aunque fuera un 6, el hombre común tiene derecho a saber que igual sería con un 10. Porque el crecimiento debe de estar en algún sitio muy remoto respecto de sus urgencias. Menos hipócritamente de lo que podría esperarse, estos datos son soltados con inevitables aclaraciones: que el salario se cae a pedazos, que la línea de pobreza no es superada por el 30 por ciento de las personas. Repítase esto en voz alta: la línea de pobreza no es superada por el 30 por ciento de las personas. Ahora piénsese, pero no en 30, tómese solamente a uno de los 3 millones 200 mil de la Capital y conurbano. Y por un momento, inténtese habitar la piel de ese individuo. ¿Qué habrá más allá de la línea de pobreza si es que todavía se la puede ver desde un supuesto "acá"? Si la mayoría de los que no pasaron esa línea —de pronto les da tanta tristeza reconocerlo que mienten algún dato para pertenecer a un mundo algo mejor— están, cuando menos, inseguros, angustiados, escasos de dinero y de sueños, comiendo peor que antes, evitando ver a los parientes pobres, esquivando amigos, peleándose con la pareja por unas monedas, ya sin auto, sin club, con cambio traumático de colegio para los chicos, con una cierta vergüenza de presentarse en el ámbito social donde desarrollaron sus vidas, ¿cómo será el otro lado de las cosas? ¿Qué habrá de la línea para allá? ¿Y a cuánto se está de ella? ¿A un kilómetro, a un año, quizás a dos?

La estabilidad de la gente en su trabajo bajó del 42 por ciento en el '94 al 28 por ciento en el '97. ¿Cuántos serán en el 2000 los que vuelvan a sus casas con certezas para mañana? Pero además, ese 28 por ciento —algo así como un millón y medio de los 5 millones 235 mil integrantes de la fuerza laboral— tampoco está seguro. La propia progresión de los números demuestra que ellos no tienen ningún derecho a la tranquilidad. Serían unos insensatos, simples ignorantes. Como quizá lo fueron muchos de los que eran parte de ese 42, y que ya no están en el 28. En menos de cuatro años, los atrapados por el fatídico 14 por ciento vendieron lo que tenían y se mudaron a Temporaria, o nunca más volvieron a tener ocupación. Flexibles por naturaleza, son ahora. ¿Para qué flexibilizarlos más? 900 mil están sin trabajo. Un millón y pico largo viven en negro. La mayoría del resto está prendida con alfileres, girando en una calesita cuya fuerza centrífuga los va a lanzar a planetas sin cielo, infaliblemente.

Ejércitos sin nada por hacer, "negreados", a prueba, temporales, sin ninguna clase de red hacen piruetas en lo más alto de la gran carpa inflada de la globalización. Sólo falta decirles que se embromen. Porque era esto lo que tenía que ocurrir ante el extraordinario progreso del hombre. Se pusieron a estudiar arquitectura o derecho cuando se necesitaban mecánicos o pedicuros. Cuando se quedaron sin trabajo se les llenó la mano de plata y nada les vino bien, nada. Ni el quiosco, ni el taxi, ni la rotisería les anduvieron. Se les pidió que se capacitaran, y no hicieron caso. Paremos el mundo y que se bajen de una buena vez.

8

Y MERCOSAURIO ENTRÓ A LA CANCHA GLOBAL

Los gobiernos militares dejaron de rodillas para siempre al hombre latinoamericano y la ansiedad de los políticos por acceder al poder impidió la debacle de las gorras. Negociaron, y aceptaron gobiernos democráticos que jamás pudieron imponer la voluntad del pueblo, salvo en el primer tramo de la vida legal de los argentinos en la década del ochenta. Uruguay y Chile, en parecidas afrentas a la dignidad del futuro —como la Argentina después—, aceptaron que aquellos gobernantes militares fueran para siempre distintos del resto de los ciudadanos. El estropicio final no tiene como únicos responsables a aquellos dueños de las vidas, de la ley y de los patrimonios de los habitantes. Los políticos se sentaron a pedir su oportunidad, y los otros, ya incapaces de gobernar nada, desbordados por sus propios abusos, divididos por sus apetencias y con el botín reducido por los problemas económicos dijeron que sí, pero pusieron sus propias condiciones: nada menos que la impunidad. Se pararon sobre la mesa de negociaciones y proclamaron que el último desaparecido era el pasado. También mataron, sin juicio, sin responsables y sin piedad por la historia, al pasado. *No hay más pasado* —dijeron—. *Tomen el futuro.* Y lanzaron sobre las manos de los impacientes demócratas cientos de cargos: senadores, diputados, gobernadores, presidentes de algo.

Sólo los argentinos, merced a la desgracia de una guerra infame con víctimas elegidas, tuvieron la chance histórica y luego desperdiciada de negarse al trueque. Pero el resultado terminó siendo el mismo. Los líderes invirtieron muy mal, al corto plazo de sus aspiraciones, el inmenso capital acumulado por pueblos ofendidos. Y le obsequiaron al porvenir la paradoja de que se haya auscultado más dignidad en el organismo de países sometidos por la dictadura, que en esas mismas naciones ya liberadas por la democracia. Los comienzos de los ochenta, aquellos vientos renovadores que hasta letras de tango merecieron de los poetas populares, fueron reducidos a las brisas de banderas que celebraban los discursos prometedores de un nuevo tiempo para los corazones humillados. La dignidad no debió ser una libertad ofrecida desde "cero" como si nada hubiera sucedido en esos años de saqueos y ultrajes, porque eso sólo podía servirles a los cómplices y a los vendidos, a los que no habían sufrido la ignominia de los abusos. Era mejor padecer a aquellos militares, pero con las defensas altas, enojados, lúcidos, dignos, riéndose de tantos desvaríos, de su incompetencia, sus tribulaciones. Era preferible aquel grito interior, el humor ácido de las revistas políticas, los editoriales valientes y desafiantes de los periodistas. Los años por venir —fruto de un acuerdo sólo conveniente para una de las partes, un intercambio lesivo a la dignidad: poder por impunidad, futuro por pasado— estarían teñidos con el color pálido de los acomodos. No se los dejó caer hasta el piso de la historia. Y donde y cuando tropezaron, fueron ayudados a ponerse de pie. América latina, en general, coronel y al cabo, se quedó con leyes que sirven para seguir modestamente organizados, pero no para hacer justicia.

Ingenuamente, y ya en democracia, la gente despotrica contra los políticos. Pero jamás menciona a los economistas, en cuyas manos están las vidas y los futuros ya truncos. La minimización de lo que "política" significa ha sido el éxito más notable de los hombres que manejan los números. Ellos se quedan con las razones que su ciencia les dicta, y consiguen que toda la carga de responsabilidades —nunca son demasiado conocidos los auditores, los expertos, ecónomos, financieros, peritos... ese ejército secreto que maneja el mundo— vaya a los hombros de los que sí dan la cara sabiendo, aun en camino de elecciones, que nada podrán hacer para cambiar la marcha de sus ciudades, países, regiones, continentes. Todo es el mundo, y el mundo es así. Éste. El más perfecto. Ya quedó demostrado que lo demás era un fracaso. Y los economistas lo dicen desde una lógica que se ha vuelto irrebatible, frente a la que nada pueden datos ya irrelevantes como que 12 millones de niños mueren de hambre en el mundo cada año. Ellos despegan las manos de sus carpetas, abren los brazos con las palmas hacia arriba, y se acompañan con las cejas y la abertura de los párpados. *¿Qué quiere que le haga?*, dicen, mientras clavan sus pupilas en las de los decadentes humanistas, que fastidian con esas angustias y las exhiben desde los partidos políticos que no están en el poder o desde las organizaciones internacionales creadas por un conjunto de valores. Y como una forma de expiación, de reparación, les otorgan una leve voz pero les vetan las mínimas insinuaciones de hacer algo "antes de que sea tarde".

No se preocupen. Ya es tarde. Han convertido a la democracia en un simple pretexto de la economía. La democracia sirvió para debatir entre los políticos —que la defendían como la diosa que podría dar bienestar a los hombres; de lo contrario, ¿de qué estábamos discutiendo?— y los economistas, que dijeron que había otros escalones más elevados hacia la felicidad: aquellos que se trepan gracias al progreso, al avance de la tecnología. No especificaron demasiado cuántos escalones había —y habría muchos más—. No mencionaron para nada que una abrumadora mayoría de personas permanecería abajo y sólo unos pocos en lo alto. Y en el medio, nada: quizás alguno que se cae de allá arriba, de tan terrible que es la lucha, en todo caso. La clase media no es alimentada desde abajo, por cierto. Depende de alguna descompresión allá en las alturas, de sectores privados, de alguna máscara de oxígeno.

Es el tiempo de aplaudir en el mundo intelectual

el desprestigio de los dogmas religiosos para ensalzar los económicos. La filosofía práctica cayó de rodillas ante la teórica. Ya no hay ámbito para polemizar sobre cómo podrían ser las cosas. Son así. Naturalmente, lo son.

¡Ah, las peleas juveniles en el secundario después de alguna lectura de Adam Smith! ¿Cómo podría la economía ser la precursora del bienestar de los hombres siendo tan escasamente ética? Si se pudiera encontrar a los viejos oponentes para decirles como en un tango... "¡y mirá lo que quedó!"

Todo lo que la economía debe hacer para justificarse es fundar una nueva ética. O mejor, sustituirla por la lógica irrefutable de verdades tan triunfadoras como que sin incentivos el mundo carece de chances para crecer y mejorar. Ésta es la moral. ¿Puede acaso decirse algo más sensato? ¿Cómo podría intentarse una refundación de la vieja ética con un endiosamiento de los valores económicos tan incontrastable, insertos todos en una economía que ya se maneja sola, que escapó a los hombres, que los supera y que sólo les permite justificarse, sólo eso?

Si la economía, para ser buena, útil, debe ser egoísta, lo inevitable es que lo sea a ultranza. Ese tiempo ya llegó. Para que sea comprensible, el egoísmo en su más alta concepción debe llegar a la gente. Todo el mundo debe ser egoísta, insolidario. El mensaje ya puede leerse y escucharse en todas partes, y no siempre de una manera directa: son muchas más las sutilezas. Desde esa actitud de la sociedad, está más al alcance la interpretación del mundo tal como se nos presenta ahora. Si desde el escalón más bajo sería una utopía —palabra que subliminalmente se ha enseñado a despreciar por ser la utopía culpable de tantas demoras en arribar al estado actual de la humanidad—, si sería una pobre fantasía cambiar el mundo, allá arriba, en los rascacielos, en el piso 78 de la UNSTT, etc. & Co., menos podrán hacerlo porque allí sólo hay una red de gerentes del mundo, trabados, paralizados, también impotentes. Si quisieran decir que no se soporta más al monstruo egoísta, cruel, indiferente y asesino que ellos fueron creando, sólo se convertirían en las nuevas víctimas, y atacados por él de nada les valdrían las clásicas expresiones: *Soy yo, reconoceme, no lo hagas, no, por favor, mirame... aaaaggggggg..........* Ya son, también ellos, el hombre y la bestia. Curiosamente, el cine nos acerca toda clase de personajes horrendos que son heroicamente combatidos. ¿Hay alguno que aniquile mayor cantidad de gente, que provoque estampidas más desesperadas, fugas tan inútiles, y que lo haga con el beneficio de la seducción, gentilmente, con amables palabras, y al que se le diga, hipnotizados, "sí, matame, soy un inútil, un fracaso total"? ¿Y dónde está el héroe que evite la masacre? Los héroes son titubeantes opositores que sugieren, sin demasiado énfasis, que debiéramos pedirle algo de calma a la bestia. Pero Mercosaurio es insaciable.

El equilibrio entre las famosas leyes naturales de la economía y el Estado emocional, aquel Estado de bienestar que buscó enderezarlas, controlarlas, desafilarlas, ha sido finalmente imposible. Hubiera sido más fácil desbravar las lluvias, apaciguar los vientos, capturar el trueno. Autoritario, despótico, arbitrario, esclavista, abusivo, opresivo, omnipotente, soberbio... Mercosaurio impuso su ley. Dijo que para crecer hay que ser libres. Pero libres en serio. No se podía perder más el tiempo discutiendo sobre el papel del Estado. Lo despojaron de su dignidad declarándolo obsoleto; y lo hicieron los propios hombres de la política, cosa curiosa, como si afuera del Estado pudieran ser útiles salvo siendo lobbistas. Sólo despojándolo de obligaciones el Estado podía ser viable; o sea, aceptando convertirse en su propia negación. Entonces sí, libres por fin, sin las ataduras impuestas por ese papá viejo, vencido, corrupto, que todo quería controlarlo, al que para todo había que pedir permiso, el mercado y la ley del más fuerte y el instinto natural y la progretécnica salieron a bailar con las más lindas. Una farra colosal que, para que fuera más justa, tuvo dimensión mundial. ¿Cómo se podía privar de la fiesta a gente tan simpática como los latinoamericanos, por ejemplo? ¿No había una vieja deuda de despojos y atropellos? ¿No era el momento de asumir aquellos pecados, y darles participación haciéndolos entrar en el gran salón para que pudieran oír mejor el formidable concierto de los musiconomistas?

Sin embargo, les esperaban algunas batallas antes del paseo triunfal. Hubo quienes dieron la alarma de que no era lo mismo "aquí" que "allá". Aquí, en esta parte de América, las asignaciones no son buenas, el gasto social es ineficiente, los desprotegidos están en la llaga. *¿Quién los va a curar, a educar?*, preguntaron inocentes. *No joda, che. ¿Para qué estoy yo?*, dijo un libre del sur. *¿Cómo le puedo fallar a usted que es de los míos, eh?* Allá mostraron espejitos y postales del otro mundo donde hasta aquel entonces, por lo menos, los viejos eran dignos y se educaba y había resguardo social y a la gente la curaban. Y autopistas, torres, shoppings, un lujo fatal. *Así vamos a estar nosotros, ¿ve? Usted déjeme nomás. Yavaver.*

Y crearon riquezas. Muchas más pobrezas se generaron, por supuesto, pero la lectura caprichosa, apuntalada por poderosos medios, es que se produjeron bienes, recursos y bienestar —lo cual no deja de ser cierto, en parte—. Con la nueva moral, la que acepta al hombre como un egoísta natural, la que exalta el afán de lucro aun a costa de la dignidad de las mayorías, se hizo comprensible que aquellas riquezas fueran repartidas sólo entre quienes generosamente ofrecían todo su egoísmo. Al fin de cuentas, fueron ellos los que sacrificaron los últimos resabios morales para que nunca más la economía perdiera tiempo y energía discutiendo las cuestiones éticas de otrora. Por otra parte, ya nadie podría decir que esa opulencia tenía su origen en el abusivo trato para con los obreros. ¡Si nadie les pide que vengan! ¿De qué plusvalía pueden hablar ahora? *No venga más, quédese en su casa, muérase si quiere. Pero si hago este esfuerzo para que usted pueda venir, después no me diga ni guay de la injusticia del trato. Que le quede claro que yo no lo quiero, no lo necesito, no lo busco, no lo llamo. Usted me pide, y yo me sacrifico. A un costo, un número, una rémora, una obstrucción más en el desarrollo de la empresa y el país.* Si quien lo dice fuera uno de aquellos que pidió prestado, se lo metió en el bolsillo, pasó la deuda al Estado, lo fundió, después lo denigró y como un pícaro gordito se lo comió, estaríamos ante algo demasiado perverso como para creerlo. Por lo que, sin protestas, páguese aquella deuda, apuntálese la nueva, y agradézcanse los esfuerzos por desregular y flexibilizar. Y entiéndase la mundialización como una larga cadena de ayudas. Porque el mismo reconocimiento merecen los grandes países que acuden en auxilio de los más débiles. Invierten, apoyan. Fábricas no, claro, porque tampoco son tontos ni sociedades de beneficencia, y además ya no se necesitan fábricas. Pero dejan muy en claro que hay una nueva confianza, un apoyo abierto, que es exhibido por los gobernantes como la demostración más palpable y visible de lo bien que empiezan a andar las cosas. ¿Y qué se llevan? ¿Tres, cuatro veces la suma que se paga por los servicios de la deuda externa? ¿Y? Algo les tiene que quedar a ellos también... de lo contrario el negocio no cierra. Lo importante es el país que dejan: moderno, competitivo, ávido de excelencia, bien mirado por el mundo. Ahí está el gran secreto de los incentivos.

Desde adentro se les dobló el brazo a los obreros, se preparó una masa laboral desesperada que deambula con el aspecto de quien ha perdido la memoria y busca el mundo. Había uno, pero no lo encuentran. Se quitaron todas las redes y se quemaron los colchones. Se colocó el techo de la dignidad en un nivel irrespirable para las clases más afligidas. Se le bajó el copete a la tradicional, quejosa y hasta intelectualoide clase media. También a ellos se los pudo domesticar. *¡Qué tanto aspaviento con aquello de ser los sostenes de la grandeza de ningún país! Se puede ser grande, crecer, cotizar en bolsa, sin ellos. El producto bruto interno no pasa por ellos. Hay una vida más abajo también. Y mucho más barata. Así que: aquí los tiene. Opere nomás. Recupere por su lado que, si le queda algo, nos encargamos nosotros de quitárselo para pagarle a usted lo que le cuesta prestarme la plata.*

Finalmente, la solidaridad es un hecho.

9

HABÍA UNA VEZ UNA FÁBRICA

Once escudriñaba en su cabeza con la minuciosidad de quien busca un pequeño pueblito en el mapa de Rusia. Pesquisa complicada la de ubicar el día preciso en que todo empezó a venirse abajo. Con la insistencia del que ha sufrido un accidente y recuerda los momentos previos, cuando la vida estaba en orden y no se sospechaba el instante fatal, Once volvía a los buenos tiempos. Se le mezclaban los planes económicos, las voces de los ministros —¿cuál de ellos era el que había dicho "hay que endeudarse, industrializar, producir"?—, las charlas con los dueños de la fábrica analizando los mil futuros que se presentaban ante los mil cambios de rumbo... ¡La fábrica! Su vida hasta 1992, casi 20 años. Nada extrañaba tanto como los mediodías en el comedor, aquella agradable sensación de pertenecer a una familia de trescientas personas, con primos por todos lados en ese mundo de proveedores, empleados indirectos, gente de los bancos. Porque esa fábrica de indumentaria y calzado deportivo había ideado un restaurante de buena calidad, y por una suma muy inferior a cualquier rotisería de la zona los obreros podían tener allí las cuatro comidas; no necesitaban salir a la calle. ¿Podía soñarse un mundo más perfecto? El trabajo, la seguridad, la solidaridad, el amor. Las bromas, los desafíos, los lunes de cargadas por el fútbol. Los grupos más sólidos definidos por los gustos, la elección natural de los más amigos por las tendencias en común.

Once fue siempre fanático del cine. Le gustaba analizarlo, presumir de conocer a los actores de todas las películas; y era capaz de quedarse la tarde entera enganchado con un nombre que no le salía, si en el almuerzo la charla había dejado picando una duda. Por teléfono llamaba a su mujer, y por ahí surgía el dato decisivo. Entonces iba hasta el cortador y, con cara de circunstancia, le decía simplemente "Manfredi. Era Nino Manfredi". Después, mientras desandaba los cien metros que había recorrido, sentía un alivio indescriptible. Ahora sí, ya podía trabajar tranquilo.

Once tenía un lugar clave en esa empresa. Estaba cerca de los problemas de la familia que la había fundado, y era hombre de consulta. Al año de entrar, cuando eran apenas cien empleados, él ya era jefe de ventas. Estaba orgulloso de sus ideas para el desarrollo de las tendencias de las nuevas colecciones, la parte más creativa de su aporte a la fábrica. Pero también se golpeaba el pecho por su estilo para supervisar la conducta de los vendedores. *No es fácil, no* —les explicaba durante la cena a su mujer y a Laura—. *Una cosa es controlar a un empleado que trabaja adentro de la planta y otra muy distinta es verificar la tarea de los que actúan afuera. ¿Cómo sabés si está laburando, durmiendo en su casa, tomando café? ¿Y cómo lo determinás y solucionás sin volverte un botón, respetando al tipo, reconociendo un estilo en cada uno? No todos trabajan igual.* Siempre existieron los verdugos, esos feos que hostigan, humillan y mortifican a los que tienen bajo su mando. Y las referencias de Once aludían a un tiempo en que ser infame era una cuestión personal, no un dictado de la desesperación y la inseguridad.

En los noventa se hizo más difícil elegir una conducta como la de Once. *Ser eficiente y querido: ésa es la cuestión. No se puede traicionar la expectativa del que te contrata. Pero no debés hacer tuyos los comportamientos que imaginás que el patrón espera de vos. Porque si se piensa así, no sos digno al aceptar esa conducta. Pero peor es, aún, si su filosofía no está hecha de esas aspiraciones. Sos ruin por tu cuenta. Mirá qué destino.*

No hay relaciones de tanto tiempo compartido como las que genera el trabajo. Privar a un hombre de esa protección, equivale ciertamente a matarlo. Y cambiarle la familia laboral a cada rato es destruirlo lentamente. Estar años con la misma gente genera lazos sólo superados por los que crean quienes están en la cárcel —un lugar que se vuelve más habitable si de solidaridad y pertenencia se habla—; son redes de contención tejidas por el afecto y la convivencia de los lazos laborales, aun a pesar de las infaltables miserias humanas. Lo que al desocupado desespera es mucho más esa pérdida de afectos, y de sentido de la vida, que los aspectos materiales. Éstos son la parte tangible de los problemas. Pero en lo psicológico, en lo moral, el taladro penetra en aquellos vacíos dejados por el Pedro, o la María, que ya no se los ve. Que quizá no se los vea nunca más. ¿Cuántos hijos tiene ahora? ¿Se volvió a casar? ¿Trabaja, come? ¿O se escondió también, y su nombre es uno de esos números que aparecen todos los días en los diarios señalando porcentajes de desesperados, indigentes, telespectadores obligados, buscadores de oro muertos al llegar cada noche, muertos al partir cada mañana? En la fábrica estaban todos juntos a las ocho y mientras sin mirar ponían la tarjeta en el reloj, preguntaban por el hijo del otro o la salud de la mujer, y se aliviaban o se angustiaban según esos primeros sucesos que empezaban a armar el día. *Hay que dar sangre para el padre de Juan.* Allá iban. O allá venían, porque a veces Juan era uno mismo. Velorios de *Andá que vos mañana no vas a poder con los huesos,* y de *No, me quedo un rato más, total, mientras voy hasta casa y vuelvo, qué me queda para dormir*. Aniversarios, nacimientos, embarazos, algunas habladurías, inevitables infidelidades convertidas en secretos de Estado y sabidas por todos... con todo eso se construía la vida en ese mundo que terminaba por ser el más conocido y el único en donde se era alguien. *No puedo* —decía

Once dos o tres veces por mes, en su conocida declaración de principios proclamada en ese círculo de la cena— *abrazarme con un vendedor cuando lo veo al cabo de una semana o un mes, y después decirle, así nomás, que al que no le pudo vender él voy a ir a venderle yo que tengo más margen para negociar, que le puedo dar un diez por ciento de descuento. ¿Primero le pregunto cómo están tus pibes, y después le camino por arriba? ¡No! Lo más grande del sentido de la dignidad es que crece con la capacidad para decirse no a uno mismo. Y papá se dice no. Si el vendedor me pide "andá vos que a lo mejor podés salvar la venta"... es otra historia. El tipo sigue entero cuando las cosas son así, y yo no lo defraudo. Como en la familia, en el trabajo lo que sos para el resto lo sos una sola vez.*

Como una página que se había perdido en la computadora y de pronto, al tocar una tecla, reaparece, así surgió para Once el año 1992. En ese momento, en la fábrica eran 300 obreros y más de medio millar de personas estaban vinculadas indirectamente, trabajando afuera de la empresa como costureras, planchadoras, bordadoras. Había 16 vendedores entre los de la Capital, los que vivían en el interior, y aquellos que aun viviendo en Buenos Aires recorrían en auto diversas regiones durante 15 o 20 días cada mes.

Ya había sido un tiempo difícil el de la caída del llamado Plan Austral; sin embargo, en los años '86, '87, la fábrica llegó a multiplicar su producción hasta un millón de prendas mensuales. Cada día, 3 mil conjuntos deportivos eran terminados —por obreros que ganaban 700 dólares pero que a la empresa le costaban 1.200—. Cuando se produjo la apertura económica, un jogging hecho en el país tenía que ser vendido a 150 pesos. De una sola movida, el mercado fue inundado por equipos que, siendo tan buenos o de igual calidad a los de la fábrica de Once, costaban 70 pesos. *Fue cuando mandé a la mierda a mi primo el concejal. Debe haber sido el lío más feo que hubo en mi casa. Pobrecita Laura. Ella y los pibes se me colgaban desesperados, porque nunca me habían visto con ese grado de locura. Mi mujer se abrazaba a la prima preferida como sabiendo que nunca más la vería. ¡Hijo de puta! ¡Pero qué hijo de puta! Competí, me dijo, y se pasó la servilleta por la boca, así, como bostezando, canchero. Yo lo miraba incrédulo, y el bobeta con el trapo en la mano me hacía gestos que acompañaban su genial idea. Competí, decían las manos, las cejas, la sonrisita de "esto es así, qué le vas a hacer, es para los capaces, no para los giles, es para los que trabajan, no para los que se quejan".*

—¿Y cómo competís con un asiático que gana 50 dólares, decime?

—Bajás los costos. Que tu patrón no tenga que pagar por vos casi la mitad de lo que ganás...

—¿Pero vos me estás cargando? Te hablo de un tipo que gana 50 dólares por mes y labura 18 horas por día sin chistar. De millones de hombres que se pasan dos años metidos en una fábrica, viviendo allí adentro, durmiendo y comiendo como sea, y que

al cabo de ese tiempo embolsan una "fortuna" de dos mil dólares. Lo que yo gano en menos de un mes.

—Por ahí tendrías que ganar otro sueldo.

—Menor.

—Menor.

—¿Pero y no te estoy diciendo justamente eso? ¿Que nos están matando? ¿Cómo se vive con menos?

—Millones hay que ganan menos que vos, y están fenómeno, y no lloran.

—No lloran porque no saben lo que vos robás, reverendo chorro de mierda. ¿Qué me venís, con qué me venís a mí, con qué verso mal aprendido me querés hacer sentir un imbécil, vos, cagador? Hasta en sus familias se van a cagar cuando no les quede ni país de tanto que afanás...

Imagínense lo que era eso —dice Once, sonriente al fin, a los muchachos de la encuesta, que Laura invitó a comer con su primer sueldo más los 250 extra que le dieron porque le trajo suerte al bufete y ganaron un juicio de la gran siete—. *Hay por ahí un escritor que dice que tal vez la única dignidad del hombre sea su capacidad para despreciarse a sí mismo. Así que figúrense lo digno que fui cuando pasó todo y la casa quedó vacía de los primos, y de los pibes que se marcharon sin decir nada pero dejando claro que el saludo era hasta nunca más.*

—Yo te banqué. Enseguida te dije que habías hecho bien, papi.

—Sí, pero la fulana... —dice Once cabeceando para el lado de su mujer, sin mirarla.

—Yo nada, chicos. A una se le parte el alma, llora, evoca los tiempos de la niñez. Ve a la prima haciéndole de campana con el primer novio en la primera esquina. Ve bailes. Domingos de toda la familia. Épocas lindas que ya no volverán. Parezco un tango, ¿no?

—Resentido, me gritaba el tipo, eso es lo que sos, un resentido.

—Envidioso te decía. Que sangrabas por la herida, que siempre te habías sentido inferior, fabriquero... qué sé yo. Él también metió baza. Y papá dale con ¡chorro!, ¡ladrones!...

—La que se debe estar llevando ahora, ¡mamita! Si no nos hubiéramos peleado, lo mismo no nos daría bola. Él es nuevo rico y yo soy nuevo pobre.

—Eso es gracioso.

—Sólo el hombre tiene dignidad. Sólo el hombre puede ser gracioso. Sólo que no nos dejan.

Cinco meses después del lío con su primo, Once fue despedido. Aquella mañana, Nino —uno de sus patrones, ya con diez kilos menos y los ojos hundidos—, mientras revolvía el café como para darle un destino a la mirada y no tener que elevarla hacia el otro lado del escritorio, empezó a soltar las lágrimas. *Se me cerró el círculo,* dijo, remarcando la ironía. Porque Nino y Once habían trabajado como nadie para armar los círculos cerrados, de dinero y de televisores, que fueron una impronta de la fábrica en los buenos tiempos. Once había visto el Mundial del '78 en colores gracias a uno de aquellos métodos que permitieron el rebusque a 20 de los obreros. *Se acabó, no va más... la puta que los parió.* —Más que para decirle lo del despido, parecía que lo había llamado para confesarse, para meterle algo de consuelo a una derrota inexorable.— *No son giles. Si quieren aumentar la recaudación fiscal tienen que matarnos a nosotros, a los chicos. La economía tiene que pasar por pocas manos, por grandes empresas que no puedan evadir impuestos. Lo quieren todo bien concentradito, conocen la receta. Hipermercados, constructoras, petroleras, automotrices. Para qué carajo nos quieren a nosotros, ¿para que laburen mil tipos? ¿Y quién les paga a los de afuera? ¿Yo? No, viejito. Segundos afuera, como en el boxeo. Lona. No, mejor todavía: afuera del ring.* Pero no sólo se trataba del despido. Las reservas se habían agotado, y los últimos, aquellos a los que más le dolía a la empresa dejar desocupados, se quedaron con las manos vacías. *Y no te eché antes porque siempre creí que podía levantar cabeza. Achicarme, empezar de a poco como en los '70, no sé. Es como una ola que ves crecer allá lejos y calculás que llegás a la playa antes que ella. O por ahí te parece que vas a poder enfrentarla y te le animás, pero cuando es tarde descubrís que todo lo que hiciste fue perder tiempo. Amagás encararla, después te replegás, y al final a lo único que atinás es a querer pasarla por abajo. Ahí el remolino te da contra el piso, te levanta, te arrastra, te anula, y vos sólo sos un pobre bicho asustado que depende de ciertas leyes naturales. Yo estoy vivo, sí, pero perdí hasta el short... no sé si me explico.*

—Ahora díganme ustedes, muchachos, ¿cómo se hace para darle con una silla en la cabeza al que te deja en la vía pero no tuvo intención? Yo hacía tiempo que estaba vencido, además. ¿A él lo iba a matar? ¿Podía yo olvidar todo lo bueno, aun en el momento de verme arrastrado a una catástrofe personal? Miren, viví la sensación de habitar el estadio después de una goleada en contra y permanecer en la tribuna viendo cómo la cancha se queda vacía. ¡Pero si yo llegué hace tres horas y todo era perfecto, estaba claro que no podíamos perder!... Una melancolía atroz. Ya se habían ido cientos de obreros, les habíamos cortado los víveres a casi mil familias. ¡Yo sabía que me la tenían que dar! ¿Cómo arreglamos, Nino?, le pregunté. No, no, no fue así... creo que le dije: ¿cómo hacemos, Nino, para perder por menos?

10

GLOBOFLEXITECNIFICACIÓN

Como el propio progreso que la justifica, la globalización aumenta las diferencias. La distancia entre ricos y pobres —háblese de la relación entre países o entre los habitantes de una misma nación— se ha estirado de tal forma, que para los privilegiados ya es imposible echarse atrás. Sólo les queda una huida hacia adelante. Hacia la protección de más dinero, de muros más altos, de barrios más custodiados, de vidrios más polarizados. Si alguien quisiera mirar atrás y le pareciera injusto e inhumano todo lo que ve, no podría sin embargo animarse a retroceder ni un solo paso. No con su riqueza que, para el mundo del futuro, es lo que para un caballero del Medioevo su armadura. Nadie está dispuesto a alivianar su peso; ni siquiera conmueve la sospecha de que un día no se podrá caminar más de esa manera. *El mundo se va a quedar sin clientes, ¿a quién le vamos a vender nada si hemos aniquilado el mercado?,* se animará a decir —o ya lo está advirtiendo— algún economista. *Bueno, auménteles usted el sueldo a los que ya no tienen un centavo para comprar las maravillas que les mostramos por la televisión. ¿Que no puede? Ah, yo tampoco.*

Lo que gana Laura por mes lo pierde de ganar su mamá costurera, porque las camisas que le dan para coser, una vez ofrecidas en la tienda no se venden. ¿Llegará un momento en el que nadie venda nada? Ni ese perjuicio probable los detiene. Sencillamente porque no pueden parar en esta carrera de la acumulación. Con el mismo espíritu fervoroso de los chicos que participan de los juegos en la tele del fin de semana, tras el "sálvese quien pueda" y la tanda de avisos viene el juego más popular y pierde el que hoy no sea más rico que ayer.

Pero ricos y pobres hubo siempre. ¡Con qué me vienen, ahora!, puede decir alguien, en el colmo de la frivolidad. Se le concede. El caballero es un insensible, un insensato, un "inse" lo que usted quiera, pero ha dicho una verdad —de Perogrullo, claro—. La globalización resquebrajó a la clase media. Y al hacerlo, se llevó a empellones lo que en términos de dignidad ella significaba. Tan cierto como que la economía crece y que el progreso se ve por todas partes, es que las desigualdades se multiplicaron. Y la clase media fue la víctima fatal. La característica no es un accidente pasajero. Las tendencias demuestran que es un capítulo irreversible el vaciamiento de esa clase social en la que antes estuvo el sostén de la esperanza de un mundo mejor. Claro que corresponde plantearse de nuevo cuál es el mundo mejor. *Éste, sin dudas*, nos dicen.

¿O prefiere las taras de las otras épocas? ¿O no se acuerda cómo era antes? Hay muchos más pobres, sí, pero míreme a los ricos. ¿No es una maravilla eso? Mire qué vida. Ahí tiene la tele y algunas revistas. Eche un vistazo. ¿Cuándo soñó algo igual? ¿Sabe cuánto más tienen?: sesenta veces más. Antes, el diez por ciento tenía solamente la cuarta parte de los bienes. Hoy esos diez señores han pasado la barrera de la tercera parte largamente. Observe cómo se los aplaude. Y todo conseguido en medio del beneplácito general, en democracia, con su voto, Parlamento, todo. Todo por derecha, todo legal. Y en libertad, que eso es lo más grande. Usted, ¿qué vende? ¿A cuánto? No, no quiero. ¿Y usted? Bueno, a usted sí. ¿Ve? Una ley natural que se cumple. Tiramos todo sobre la mesa. Y la mesa, solita, nos responde cómo viene la mano. ¿Qué tenemos que estar nosotros digitando desde afuera? ¡Por favor!

La globalización trajo la superioridad de lo financiero sobre lo industrial. En los países en desarrollo —piadosa denominación que resulta menos cierta que nunca, porque todo el crecimiento es conseguido con más y más deuda— el salario industrial llega a la nada. Y la plata da un interés inmensamente más alto. El capital crece por el propio capital, ya no por el trabajo; se sacudió esa rémora. Un rentista se mata de la risa de quien piensa en concretar una inversión de beneficios a largo plazo. Dar trabajo, procurarse problemas, ganar menos: ¿quién quiere eso? *Pero mire que aquí le entregamos dos o tres millones de personas de rodillas, y otros tantos en espera. Los toma y los echa cuando quiera. Les paga lo que a usted le quede bien. Los dirigentes de los gremios son aspirantes a diputados, gente de lo mejor. Y todos están de acuerdo en que esto está bien, que no hay otra salida. Hay allí de todo menos gente molesta. Indiferentes, mediocres, vencidos, obedientes. No, piénselo bien, mire que el mundo es una ganga, una gran oferta del mercado.* La globalización es tan egoísta, tan profundamente inhumana, que corre el riesgo de olvidar la inteligencia con la que se movió en los primeros tiempos. Que nadie quiera asumir el mínimo riesgo, que nadie se permita un rasgo de generosidad, puede acarrear el rechazo a ese único color con que se ha pintado el mapa.

Sin embargo, nada detiene al voraz monstruo. Pide para comerle ingresos a los pobres, y le dicen que allí no hay nada. *Pero nada, ¿eh?* Pero su actuación es tan extraordinaria, que consigue arrancarles casi la tercera parte de lo que todavía tenían. Una labor colosal. El tironeo con la clase media fue algo más áspero, pero igual se le dio un hachazo del 20 por ciento. Sin embargo, lo más importante es que en pocos años el despojo podría llegar a ser mucho más significativo. Los países que recibieron las nuevas tendencias económicas como una tabla de salvación política, sin dirigentes que se preguntaran si esas recetas internacionales eran mínimamente aplicables, sufren mucho más las consecuencias. Paradójicamente, con los propósitos enunciados todo lo que se consigue es estar cada vez más lejos de la economía de quienes a la historia la armaron, la hicieron y la cortaron a su medida. Porque aunque deban afrontar algunas crisis internas, ellos sí estaban preparados para darles contención social a las víctimas de sus ajustes. Ellos podían aliviar el presupuesto que eso les demandara con lo que se les cobra a los países que están en la vía, a los que bien caro, como es justo, les costó el aporte de todas esas ideas y la ayuda recibida para ponerlas en práctica.

Decía Pablo Neruda que América latina tiene especial cariño por la palabra "esperanza". Nos gusta que nos llamen el continente de la esperanza. Los candidatos a diputados, senadores y presidentes, se llaman a sí mismos "los candidatos de la esperanza". Esta esperanza es algo así como una promesa divina, un pagaré cuyo pago siempre se pospone. Se pospone hasta la próxima campaña electoral, hasta el próximo año, hasta el próximo siglo. A aquel escepticismo del poeta podría respondérsele que ya estamos, por lo menos, cerca del próximo siglo. En eso hemos avanzado.

La cuestión es que toda América latina finge jugar un juego divertido, prometedor, "esperanzador". Y todo lo que hace es endeudarse cada día más. Más deuda, menos libertad. Más condicionamientos. Más labores, simplemente gerenciales, para esos cobradores regionales que son los grandes mandatarios. Tal es el desastre, que desde el corazón financiero del mundo no pueden menos que advertirles a sus dirigentes. *No exageren, no se enloquez-*

can, les dicen. En países en donde la deuda externa fue título de los diarios durante años, se ha dejado de conocer —ya no es tema— cuánto se debe y cuál es la progresión de la hipoteca. No se supo por qué, un día dejó de ser asunto clave, inspirador de las grandes discusiones. Antes, era la gran advertencia sobre la catástrofe que se nos venía encima. Después, empezó a decirse que si nos prestaban por algo sería. Había una cuestión de confianza bien ganada con la apertura de la economía, con la venta de todos los bienes del Estado, con la oferta de mano de obra resultante de una calificación de los desocupados que los dividía en "desempleados en emergencia" y "en espera". Se despanzurraba al Estado, todo estaba en oferta y se prometía no gastar ni un solo peso en esas viejas lacras del paquidermo dirigista. Educación, salud, ancianidad, serían para el futuro una cuestión de Dios. Ante semejantes posibilidades de recaudación —y pudiendo quedarse con lo mejor, con lo que no puede tener pérdida, con aquellos servicios que una vez ofrecidos a la sociedad demostrarían la inutilidad del Estado—, el altruismo, la filantropía, la quijotada, el desinterés a un interés del tanto por ciento que nunca cede, la misericordia y la liberalidad, alcanzaron la expresión más alta y paternal de la joven historia de estos países.

La globalización fue —eso sí hay que admitirlo— un vehículo excepcional para perfeccionar la corrupción en la vida pública. Cabe entender que hombres que estaban facilitando de por vida negocios de miles de millones merecían atenciones acordes con la mercadería ofrecida. Por vanidad y por seguridad, esos hombres querrían permanecer en el poder mientras la Tierra girara en torno al Sol. Era necesario un criterio ético diferente: con aquel cuento de la conciencia que no permite dormir y toda esa tragedia griega de la culpa, con una sociedad que antepusiera la dignidad al dinero y lo esencial a lo superfluo, no sería posible. Un ladrón no puede, no debe dirigir. Apenas se sepa, está defenestrado. Por eso había que cambiar a toda esa gente detenida en el tiempo. Que aprendieran a diferenciar lo que vale la pena, sin detenerse en los episodios menores. Era imprescindible instalar la idea del éxito, lo útil, lo que no se detiene en consideraciones morales. Siempre la moral y la ética, juntas, por separado o confrontadas, fueron un dique para el progreso. ¿Qué le cambia a los países que un señor diputado o presidente quiera quedarse con el diez por ciento de un negocio, que de todas maneras se hará? El tipo está ahí, negociando con uno que no se rompe el alma como él, atendiendo las necesidades de su país, ¿va a servir en bandeja un convenio que permitirá obtener inmensas fortunas, así nomás? ¿Quién se animaría, en su lugar, a dejarlo pasar? ¿Quién sería tan necio como para permitir que la conciencia lo obstaculizara? Gente peor ha dormido plácidamente en este mundo. Pero es necesario que esto sea entendido. Toda una ideología debe ser construida en ese sentido, y mucho más aprovechando el vacío de todas las otras que murieron. ¿Qué mejor que eso? *No voy a dejar de votar a Zutano porque robe. Deje hacerlo. Y hasta obligue a cumplir con esa moral. Si le sirve al país. Si cualquiera, incluso yo, haría lo mismo... y acaso, ¿vos no? ¿Nos vamos a privar de la gente que sabe del negocio porque se queda con una parte de la torta?*

Desde el poder se empuja el techo de la dignidad hacia abajo. Elevándolo no tendrían ellos cabida, salvo en las cárceles. Pero si todo el mensaje habla de lo liviano, de lo superficial; si se entrena a la gente para no pensar y se derrumban los cimientos de mínimas estructuras de pensamiento; si se usan aparatos a través de los cuales se puede manejar la pobreza intelectual de la gente utilizando una especie de control remoto, estupidizando; si se acorrala en sus angustias económicas a los sectores más pensantes y nadie escucha sus protestas —pequeñas corrientes parecen, en la inmensidad del mar de elogios que se ganó la globoflexitecnificación; resentidos, que no supieron tomar el tren de la apertura; eso son—; si ya hay millones atrapados por el hambre y la miseria, detenidas para siempre sus neuronas en una parte oscura de la mente, y que ya nunca desarrollarán sus capacidades intelectuales... entonces, claro que puede acrecentarse la desgracia, y en medio de ella provocarse la jarana carnavalesca de la mordida, el "dame la mía". Robar no es delito si no se puede probar lo contrario o si yo soy la justicia. Todo esto es entendido como la parte folklórica, inevitable y, en el fondo, no dañina de la globalización. Así como siempre hubo pobres, siempre se robó. El tipo de condena que antes existió y la permisividad de hoy día. Nada nuevo hay bajo el sol. ¿O sí?

Nadie puede negar que al hombre común le cambiaron el discurso. *Yo a mis hijos les doy un nombre, que nadie tenga nada para decir de su padre. Un apellido es todo lo que tengo, pero se los doy bien limpito.* Pucha, ¡qué lindas palabras! Y los gobernantes eran venerados, porque se morían con lo que tenían puesto: la vieja casa paterna, los viejos muebles de aquella primera oficina cuando recién se recibieron... Era un triunfo esa vida. El mensaje que bajaba a los hombres del llano tenía esa impronta, el ejemplo aliviaba los problemas económicos, o las dudas de siempre sobre el futuro y la felicidad. La vida era más simple. Uno podía proclamarse a sí mismo como un gran hombre si se sentía capaz de golpearse el pecho desde su honestidad. No era poca cosa, por entonces, ser pobre pero digno. Daba toda la impresión de que uno cumplía con un cometido en la vida. Se anhelaba ser culto; nos impulsaban a ser buenos alumnos porque ése era un capital esencial para la vida y para su goce.

¿Cómo sería posible eso hoy? La felicidad fue colocada en el altísimo pedestal al que sólo se accede con dinero y buena posición social, no importa cómo esto haya sido conseguido. Ahora se impulsa a los jóvenes a encontrar la excelencia, pero para subsistir, para prepararse con vistas a la lucha despiadada del inminente siglo de la infamia. *Si no estás preparado morís, pibe. No existís. No estás.* Antes nos esperaban con *Crimen y castigo*, *La guerra y la paz*, *La condición humana*, *El poder y la gloria*. Ésas eran biblias con las verdades de las intrínsecas grandezas y miserias de los hombres. Hoy acechan con *Cómo ser gerente de un día para el otro*, *La empresa y sus exigencias de cara al 2000*, *Cómo no fracasar jamás*, ...y no queda demasiado margen para una educación diferente. ¿Qué padre puede permitirse elegir caminos para la preparación de sus hijos, si es que aún puede gravitar en eso? ¿Cómo animarse a decir: me gustaría que fuera culto, sencillo, noble, ético, sensible, amante de las artes? En el comienzo de la gran competencia del 2000, ¿cuántos se arriesgarían a presentar un animal con esas características?

La globalización es la que instruye al mundo. Exige ejemplares a su medida. Gente que comprenda que no habiendo caminos de felicidad para todos, se ha diseñado un mundo para los más fuertes, los más inteligentes, los herederos más sabios. Y que son pocos. Y que eso no tiene remedio. Al resto hay que hacerle creer que un día, como por arte de magia, habrá trabajo; y mientras tanto, medir la desocupación con modernas técnicas que disimulen los números de los sumergidos. No sea cosa que diga que es un desempleado aquel que estuvo haciendo una changa hasta ayer nomás, o el que no busca trabajo porque se cansó y ni coraje para esperar tiene. Como la desocupación será invencible, y los índices sólo ceden empujados por las mentiras de los años electorales, las mediciones se harán varias veces en el año, y con nuevos métodos. Se le preguntarán muchas más cosas a menor cantidad de gente. Eso de los cuestionarios que dejan demasiado margen a la subjetividad del encuestador no sirve. No alcanza con *¿Usted trabaja o no?* Es imprescindible hacer algunas puntualizaciones. Al cabo de mil preguntas y con una computadora bien programada, el índice puede bajar de 17 a 16 en la Argentina, de 16 a 15 en Panamá, de 12 por ciento a 11 en Uruguay. Al desesperado que no tiene trabajo no se le permite la dignidad de ser un marginado lúcido. Es posible entrenarlo a través de las preguntas para que dude. El hombre no sale a trabajar esta mañana, ni esta semana. No tiene para comer, y esta preocupación es tan fuerte que no deja margen para otras angustias derivadas del mismo problema. Pero, investiguémoslo bien. No seamos masoquistas, como dice algún funcionario, no procedamos desde una metodología que se queda en la superficie de las respuestas. Está bien, no trabaja, no come; pero algo debe quedar de positivo para salvaguardar la imagen de los gobiernos. *Permítame: ¿desocupado o inactivo, el señor?* ¿Y por qué hay que preguntarle a todo el mundo? Averigüemos con la mitad, y proyectémoslo. Debe revisarse a qué edad se considera desocupada a una persona, y qué es lo que ha estado haciendo para lograr que le adjudicaran una tarea. El hombre, perplejo, vencido, dice que no labora, pero, ¿está seguro de lo que responde? Es que a veces esos individuos, postergados, desvalorizados, sin ese lugar de pertenencia que es un trabajo, desintegrados socialmente, deteriorados en su imagen familiar, terminan no haciendo nada para salir del atolladero. No saben ni dónde están parados.

Pobres encuestados. Dispuestos a aceptar la condición más denigrante en el contrato de trabajo, basureados en el salario y en los horarios que se les exigen, sin derecho a protestas colectivas e indefensos de toda indefensión individualmente, deben soportar, además, que duden de ellos. De sus respuestas, de sus intenciones. *Mire, bórreme del mapa, póngame esa computadora de sombrero, préndale fuego al rancho, lléveme a empujones hasta el río y déjeme atado a una piedra en la parte más honda, fusíleme, lléveme preso, póngame un cepo, haga lo que quiera, señor, pero por lo que más quiera no me pregunte más si estoy seguro de que no tengo trabajo.*

La dignidad de la protesta es un empaque, un lujo, un boato que muy pocos se pueden otorgar. Los medios de comunicación, por ejemplo: la globalización empezó a amenazarlos también a ellos. Capitales internacionales ingresaron a competir en el mundo de la información y del entretenimiento. Radio, televisión abierta y por cable, pagar para ver: todo entró, como no podía ser de otra manera, en la misma rosca de la apertura económica. Muchos comunicadores que aplaudieron la transformación del mundo y no se preguntaron cómo cayeron tantas fábricas e industrias, empezaron a dar vueltas en la cama para conciliar, éticamente, aquella permisividad y el deseo de que no les toquen lo suyo. Hegemonías establecidas, monopolios, controles de la información, todo puede estar bien en manos de los propios medios nacionales. Pero que el mundo de las ideas sea controlado desde afuera, eso es grave. Y sin embargo es coherente con todo lo otro. Empezó a ser común poner en boca de los políticos esa preocupación; los medios simplemente las transmitían. No era fácil leer la disconformidad, y sin embargo era evidente. Simposios, reuniones con políticos, encuentros de medios periodísticos, congresos. Y el asunto, el mismo: el peligro de que un día el papel de educador de los medios fuera desempeñado por quienes nada saben de la identidad del amenazado país. ¿No vendrían ellos a generar corrientes de opinión que favorecieran sus propios negocios en otras actividades? Nadie se preguntaba si eso no estaba sucediendo ya con los controles locales, con medios que habían crecido hasta límites que les conferían un poder superior al del propio Estado. Sacar o poner un ministro, o que un mal día fueran decisivos para que alguien llegue a presidente de la República, era ya una posibilidad. Presionar gobiernos para obtener ventajas en otros negocios, algo ya observado muchas veces. ¿Qué idea peligrosa podían defender los capitales foráneos que llegaban a estos países? ¿Qué novedad podrían inculcarnos? Hablan —porque están ya entre nosotros— el mismo idioma universal. Nada van a distorsionar. Las leyes son las del mercado y el mercado es el mundo. ¿No estábamos de acuerdo en eso? *¿Usté pensar que pedacito delicioso de negocio se lo iba a comer solo? ¡Ah, pícaros! ¿No ve que es tarde? Cualquier cosa que diga será usada en su contra. Tiene derecho a permanecer callado o dejar hablar en todo caso a algún político de viejo cuño nacionalista. Esto no molestar, no es grave. Ya irán ellos también a algunos de nuestros congresos para hablar de un país con los brazos abiertos a las ideas del mundo. Mientras tanto, sepa que ningún daño les vamos a hacer. Vamos a competir, como usted quería, para lo que usted educó a su gente en todos estos años en los cuales festejó la transformación del Estado. El mundo no tiene Estados. Al menos, no por aquí... Es un conjunto de empresas, una red la que une al mundo en todos sus aspectos, valores, tendencias, ideas. Creo que se lo habíamos explicado bien, y nos dio la impresión, siempre, de que nos habíamos entendido. ¿Qué es ahora este jueguito de "a mí no"? ¿No le parece que sería injusto con todos esos señores que antes tenían fábricas preciosas y ahora son nuestros jefes de ventas? ¿Se acuerda de que primero se llevaron las fábricas, y usted no sólo no dijo nada sino que le pareció bien? ¿Que después se globalizó el transporte, los servicios, y que a usted le siguió pareciendo estupendo? ¡Lo bien que le hacía al país la entrada de capitales! Aquello demostraba lo confiable que eran estas naciones. ¿Y ahora me habla del bien común?, ¿de la amenaza que puede sufrir el bien común? A estos capitales que quieren entrar, ¿ahora me los rechaza? ¿Qué traigo yo,* *ideas marxistas? ¿Dónde hay extranjeros en un mundo global, si es que vienen a dar —a pedir ya es otra cosa...—? Quédese tranquilo, mi amigo, no le vamos a cambiar el pensamiento a su gente. Usted ya me los puso derechitos. El bien común, su identidad, están a buen resguardo. Si algo bueno tiene la globalización es cómo nos iguala a todos. Dígame una sola idea suya para la cual nosotros seamos peligrosos. O viceversa: denuncie qué idea nuestra afecta su cultura, sus leyes. Dígalo de una manera fundamentada, creíble, éticamente coherente con lo que han sido sus puntos de vista en todos los otros aspectos de la vida política y económica de estos tiempos. De otra manera, compita conmigo, no me tema, haga como en las otras actividades: sea moderno, eficiente. No me dé un portazo. Tienen un poder superlativo las mentiras presentadas con el formato de las verdades. Parece muy cierto que a usted le preocupa la cuestión ideológica. Pero si no hay manera de demostrarlo, quedará muy claro que lo que le afecta es no estar solo en esa franja del mercado. Debemos aplicar rigurosamente el concepto de igualdad ante la ley, y la ley es el mercado. Usté entender.*

11

EL MUNDO VIENE A CONTRAMANO

La calle de la fábrica tenía tres cuadras de largo. Desde la esquina del quiosco, el extremo por donde miles de veces había entrado y salido de escena, Once se quedó mirando, apoyado en el árbol, el inmenso vacío de ese espacio enmarcado por casas despintadas, lisas, desparejas, y presidido por lo que pomposamente llamaban "el edificio". Como primer confidente de su nueva condición lo tuvo al quiosquero. *Y, yo cierro, qué voy a hacer sin ustedes en este barrio por donde ya no pasará nadie*, le había contestado el hombre.

Pensar que cuando doblaba hacia esa calle, viniendo desde la avenida, a Once le parecía desembocar en la entrada de un estadio un rato antes del partido: saludos, pequeños diálogos sin perder el paso, unos caramelos para darse gusto, pitadas apuradas, manejo mental de esos minutos previos al ingreso para llegar justo, las camionetas de la fábrica, algunos autos de vendedores que querían aprovechar mejor el día.

Pero ahora, tal como ocurre en un montaje de película para dar sensación del paso del tiempo, habían borrado a la gente. Una bomba neutrónica había caído sobre la vereda. Como se queda la familia, a solas y con inmensa melancolía después de la fiesta de casamiento del hijo. Como las escuelas en diciembre, como las ciudades de verano en marzo. Como un pibe a la hora de la siesta en enero, pateando una pelota en cámara lenta contra la pared de la casa. *Pero a esos sitios sí se vuelve*, dijo Once en voz alta.

Recordó que le había pedido a Nino que las 24 cuotas prometidas se las hiciera llegar, se las mandara a su casa. *No quiero venir más aquí*, le había dicho mirando el póster de una publicidad de la empresa pegado sobre la pared. Allí estaban los obreros, sonrientes, y el sobreimpreso "Hacer su ropa más elegante. Ése es nuestro deporte". Él figuraba entre los más visibles en la enorme foto y siempre la observaba con *ridículo orgullo*, según su propia definición. Cuando colocaron el póster en los carteles callejeros, imaginaba lo que pensarían su familia y sus amigos. Bromeaba con que ya lo reconocían al paso y hasta que firmaba autógrafos.

Hablaba con Nino, pero miraba el afiche todo el tiempo. *Y a qué vas a venir si dentro de un mes le bajo la cortina a todo. Se acabó. No va más. Aquí vas a encontrar un galpón, ratas.* Las últimas palabras ya venían con la voz quebrada. Nino también estaba mirando el póster pegado sobre la pared. Se paró, le dio un abrazo, se apartó llorando, y casi empujándolo hacia la puerta le pidió perdón.

Octubre de 1992. El dueño del quiosco, con las manos juntas y los codos separados, apenas apoyado el mentón sobre un dedo que acariciaba su barba incipiente, se quedó en el marco de lo que muy pronto sería sólo una ventana cerrada. Once se metió en la avenida, a esa altura sólo recorrida por autos. Compró el diario y se fue a un bar, porque no tenía deseos de llegar antes de la hora habitual a su casa. Eso precipitaría las angustias, el diálogo nervioso con su mujer, las preguntas de los chicos. Quería ordenar las ideas, elaborar una táctica para manejar el asunto. Había que explicar que en términos económicos aquello era un golpe de fortuna: durante 24 meses ingresarían en la casa dos sueldos, y eso era hablar de mucha plata. En los títulos de la primera página del diario: la euforia por la suba de la bolsa y el anuncio de una huelga contra los despidos de empleados estatales. *Hubo un tiempo de huelgas para exigir aumentos,* pensó Once. Pero ahora las huelgas se hacían para evitar que echaran a más gente. Otro título anunciaba la satisfacción de la misión económica que había venido a comprobar la eficacia de los ajustes. En el fondo tenían dudas: internacionalmente estos países parecían incorregibles, y nunca daban buenas y definitivas señales de recuperación. Acaso con las dictaduras se podían hacer buenos negocios, pero en tiempos de gobiernos democráticos las discusiones y el proteccionismo eran eternos. Los pasos hacia la salvación de esas almas en el paraíso de las economías prestamistas eran lentos en el mejor de los casos. *No se preocupen más* —dijo Once, cerrando el diario con la prolijidad del que nada tentador tiene que hacer en los minutos inmediatos—, *esta vez no fallan.*

Recordaría aquel día como el más extraño de su vida. Hacía más de una hora que, normalmente, habría vuelto a su casa. Y aquí estaba, aún en veremos, eligiendo las palabras para un discurso tranquilizador, caminando con pies que parecían caer donde se les antojaba, hablando solo. *El hombre ha sido creado para pensar. Allí reside toda su dignidad. Y la única obligación es pensar como se debe. Más que frases, precisa soluciones. Dejá de joder.* En plena calle, en algún roce o golpe directo con otros hombros, se avergonzaba al mirarse con el rival pensando que se habían oído sus últimas palabras. ¿Estaría yendo solamente él para el otro lado? El mundo venía en sentido contrario, y le parecía casi agradable ese masoqueo de recibir golpes que lo hacían avanzar por una línea de curvas, que lo llevaban de la pared al cordón de la vereda, que le habían quebrado el diario apretado bajo la axila. *Que me echaron y chau, eso les digo. Y que mañana esto será una anécdota, porque pienso conseguir otro trabajo. Tengo para hablar con no menos de diez tipos que me recontraconocen y saben cómo laburo.* Paró un taxi diciéndose *si hay miseria que no se note*, y llegó por fin a su casa. La mujer abrió la puerta antes de que él pusiera la llave.

—Oí el taxi, ¿qué te pasó?

—Elegí: o me fui con una mina o me quedé sin laburo...

—Mil veces que perdiste el trabajo, prefiero.

—Entonces sos una mujer afortunada.

12

¡NO NOS TIREN MÁS PROGRESO, POR FAVOR!

Resulta difícil determinar si estas cosas le suceden a la infeliz América latina como parte de un plan perverso urdido con la fría mirada, la lógica y la limpieza de los asesinos seriales, o si se trata de una sucesión de fracasos de las formidables inteligencias que modelan las economías de la región. Antes de que transcurrieran diez años de la promesa "Si crece la economía se termina la pobreza", todo ha explotado por los aires malos de las evidencias en contra.

En 1990, es cierto, comenzó un período de progresos indesmentibles, y también de riquezas insultantes. Los que ya vivían bien en América se catapultaron a la estratosfera del placer. Se inició una fase de prosperidad en la que nada de lo soñado por ellos les fue esquivo. Esa comodidad que la rémora del Estado impedía con su ineficiencia llegó a extremos tan altos que el nivel de vida de los países desarrollados parecía superado. Los medios de comunicación dieron una fehaciente demostración de esos cambios: imágenes y opiniones dejaban en claro lo entretenido, lujoso y divertido que estaba el mundo. Se mostraron barrios fantásticos, bien apartados, bien protegidos; se conocieron las cifras alucinantes de la gran cantidad de viajeros; a nadie le faltó un electrodoméstico. Los países del norte llegaron a preguntarse, hojeando revistas latinas, si no se les habría ido la mano con la generosidad.

Ya se tiene la respuesta. El sueño latinoamericano ha terminado. Ahora es la pesadilla. Los viejos fantasmas del hambre y la ignorancia se instalaron como bárbaros ejércitos de ocupación en las plazas, en las puertas de los cines, entre las mesas de los restaurantes, abriendo las puertas de los autos, en las periferias hacinadas, abajo de las grandes autopistas, en las veredas de los shoppings, en los tachos de basura de los supermercados. Salvo Cuba —vaya ironía—, la tasa de mortalidad infantil supera varias veces la de los países ricos. Desde 1990 todos los dramas se multiplicaron, ninguno disminuyó. La desgracia se mide en millones. Esos dramas son tantos que la capacidad de asombro se ha visto desbordada, y termina por paralizar y dejar indiferentes a los que aún miran desde afuera lo que hay del otro lado de la línea de pobreza. O no miran, simplemente. O se esconde esa realidad. Se la tapa con números, promesas, felicitaciones de los grandes mandatarios internacionales a los presigerentes. Se la desdibuja con el zapping. En un canal un partido de fútbol, en el otro un beso, después Rambo, otro partido, protestas de los maestros, la vida de los leones bebés, una persecución, un niño desnutrido y con moscas que le rondan, algún resumen de goles, un concurso por 10 mil, algo de jarana, la entrevista a un médico por el tema de la obesidad, canal francés con documental, canal alemán con juego incomprensible, canal inglés con noticias, un secuestro, un desnudo, otro beso, terremoto, desocupación, alguien que dice que si no flexibilizamos no podremos competir y así nos alejaremos del destino glorioso reservado a estos nuestros países... ¿Cuál es la ficción y cuál la realidad?

Indefensos, anestesiados, dominados, separados, autistas, insolidarios, perplejos, indiferentes, ¿qué pueden ver los habitantes de este sur? ¿Qué pueden discriminar? ¿Cómo se van a comprometer?

En Estados Unidos. ya saben que para el 2002 casi un cuarto de la población activa estará trabajando directamente en sus casas. Empieza a cumplirse el viejo sueño de los jefes más detestados. ¡Qué tienen que andar los obreros charlando, confabulando, en los ratos libres! "Cada cual en la suya" será el mundo perfecto del 2010. Asomarse a la ventana para ver otro canal, el "canal calle", con sus desérticas imágenes de cemento, sin veredas. Gente revolviendo en un tacho. Una sirena, una ambulancia: suben otros diez. Correr la cortina será como seguir jugando con el control remoto de la tele. Quizás en muchas ocasiones lo que se vio por la ventana sea apreciado también en la pantalla. Habrá cámaras en todas las esquinas. Con Internet ya es posible ver ciertas calles del mundo. Tomar fotos de los autos que pasan por allí. ¿Para qué? No se ha determinado la utilidad, porque el progreso ya no se pregunta para qué. Progresa, nomás. Le divierte asombrar. *¿Vos te imaginás lo que es ver desde Buenos Aires, sentadito en tu casa, a un tipo que está parado en un corner de Los Ángeles? Qué lo parió, ¿no?*

Alguien dirá un día: "Progreso es deshumanizar". Será un bruto, un ignorante. Ignóreselo. Pero mientras tanto, atajemos un poco el progreso latinoamericano, esta feroz escalada del producto bruto interno de países que en los últimos años generaron cincuenta millones más de pobres. No les tiren más progreso. Vuelvan atrás. Unas sábanas, algunas camas en los hospitales, algo de comida, no los dejen sin trabajo. Que se queden detenidos en el tiempo, pero no les quiten las escuelas. Cúrenlos.

50 millones de nuevos pobres, 50 en menos de 500 que viven en esta área; es muchísimo ahora, pero proyectado en el tiempo resulta aterrador. Más de la mitad ya son pobres, pero entiéndase de una vez: "pobres" no es una palabra. *Pobre* es un alguien despojado de todas las dignidades, que no come, no trabaja, no estudia, que muchas veces muere al nacer o muere su mamá. *Pobre* duerme sobre la tierra y come sobras, cuando las encuentra. *Pobre* es violento, está resentido, porque un hombre con hambre es un hombre enojado. En América latina, *Pobre* sale de los arrabales y roba y mata más que en ninguna otra parte del mundo; cinco veces más mata el tal *Pobre*. Y ya no sólo mata para comer.

Pobre tiene claro que la vida no vale nada, que es un agravio, un oprobio. Y si para él no vale nada, ¿cómo deduce, cómo entiende que para el otro sí tiene valor?

¿Y el futuro, América? ¿Fue cuando Dios hizo el Edén que pensó en América? ¿O entendimos mal y era "desdén"? Los muchachos son paridos con demasiadas desventajas últimamente. Son más pequeños, pesan menos, se les niegan para siempre neuronas irreemplazables. No van a terminar la escuela; los que lleguen al final, tardarán casi el doble del tiempo que los de otros buenos países. No van a tener trabajo. Serán callados, sumisos. La miradita triste, perdida. Los reflejos escasos. Borrachos, vagos. Huidizos, ladronzuelos. Cuando los gobiernos se pregunten qué hacer para terminar con la violencia, ellos serán los únicos que no podrán reír. Para acceder al humor, a ése tan sofisticado, al menos hace falta una base cultural que no tendrán. La violencia no es un tema para ellos. La sufren, la viven, la ejecutan. Ésa es su vida. La matan y la mueren, nada más.

Al terminar el siglo, habrá discursos elogiando la sabiduría de estos cien años de progreso, exponiendo el prometedor panorama que globalmente puede advertirse gracias a los consejos flexibilizadores, y a la bondad del mercado, y a la desregulación, y a la muerte del Estado benefactor. Pero es probable que esos discursos ignoren la cantidad de niños latinoamericanos que por entonces vivirán en la más absoluta miseria: serán 70 de cada 100.

¿Iguales ante la ley? En todo caso, sí lo serán esos 70. ¿Estarán protegidos de la violencia familiar desatada por la rusticidad, la incultura, el desprecio, el alcohol, la pereza, el resentimiento, la brutalidad? ¿Estarán protegidos de los abusos sexuales, en un mundo que se aproxima más al animal que al humano? En su condición de niños, ¿tendrán derecho a no trabajar cuando hoy ya hay millones de ellos haciéndolo? ¿Tendrán derecho a la educación, a la diversión, al amor? Explotados, hambrientos, denigrados, desamorados, violentos, flacos, analfabetos, retrasados, subdesarrollados... 70 de cada 100 niños de hoy, para el año 2001 así crecerán. Ellos son los padres de las estadísticas del mañana venturoso de América. En el 2010, algún presidente les pedirá entonces disculpas por estos diez años de fiesta. La bacanal del noventa será abofeteada por la historia, y los dueños del mundo formalizarán una nueva promesa, un nuevo esquema. Otra trampa. Algunos fanfarrones continentales encontrarán la estatua con la que sueñan. Estarán allí, de cuerpo entero, apuntando enérgicamente hacia el horizonte con el dedo índice, y en el pedestal la frase "Compatriotas, a morir".

13

Y EN EL 2000 TAMBIÉN

Aunque aún no lo sabía, Once se incorporaba a la naciente clase social de los nuevos pobres. Apenas cinco años más tarde, la quinta parte de los argentinos pertenecería a ese grupo. Toda Latinoamérica entregaba sus dolorosos datos, con diferencias mínimas, como para dejar claro por qué los recaudadores de las viejas e impagables deudas empezaban a alarmarse. Algo estaba fallando ciertamente en ese Titanic de viaje alegre y triunfal. Ya no se trataba de los pobres más pobres, lo cual no es una diferencia que emocione a los timoneles mayores de la economía. Ni de niños que viven en hogares por debajo de la línea de pobreza, en más de la mitad de la población infantil. No era escolaridad precaria, ni pasaba el tema por 20 millones de niños trabajando clandestinamente. De cada tres chicos, uno desnutrido, casi perdido para siempre, está dentro de lo aceptado en el contrato de viaje. Las conciencias y las conveniencias pueden adaptarse a esos dramas. Así es el mundo, eso está claro. Y no digan que antes no era igual, y mil frases más por el estilo para darle un palo a cualquier resabio humanista y dormir tranquilos.

Pero el sueño no es tan suave, las sábanas no parecen de seda, las noches se tornan más largas y hasta pueden llegar las pesadillas. Si los que tienen que pagar empiezan a ser menos, ¿quién va a comprar? ¿Cómo podrán recaudar los gerentes regionales si no hay consumo? El sueño es tener colas de 10 mil consumidores en los supermercados, y no 10 mil cordobeses en fila —para el libro de los récords— pidiendo trabajo en los supermercados que se abrirán medio año después. ¿Cuántos de ellos vivieron, hasta ayer nomás, aceptándose como ciudadanos de clase media y ya hoy son nuevos pobres destinados a la desocupación o la esclavitud? ¿Cuántos soñaron que iban a ser otra cosa, y no precisamente cajeros o repositores de mercaderías?

Las precauciones monetaristas que observan esta decadencia social —de la que sólo se puede escapar hacia adelante— son asistidas por algunas más honestas —pero al mismo tiempo más ingenuas— de otras instituciones. Como si se creyera ciertamente en soluciones. La Iglesia Católica asume iniciativas plausibles, pero desconectadas de la realidad. Se pide que los acreedores perdonen la deuda de los países más pobres. ¿Y cómo podrían hacerlo si ellos mismos no saben cómo controlar el deterioro de sus propias sociedades, en las cuales los desempleados suman millones —hasta 20 en Europa—? ¿Quién va a sostener la hamaca paraguaya que a modo de red social les evita aún catastróficas reyertas políticas? ¿Quiénes, si no los que deben? Ya se sabe que nunca pagarán, por otra parte. Sólo se les piden, educadamente, los intereses. Y negocios que valgan la pena, claro; por ejemplo, la instalación de alguna especie de free-shop para comprar lo que después se venderá seguro. Porque sería injusto que compren asumiendo riesgos, que aporten así verdaderas inversiones, aquellos a quienes antes se les pidió prestado un dinero que ellos cedieron sabiendo que no se les podría pagar... pero que sería cobrado, de todas maneras. Siempre supieron los prestamistas el destino de aquellos dineros. En México, al empezar el año '96, miraban para todos lados buscando algunos indicios de lo que se había hecho con los dólares prestados. Naturalmente, se habían escapado en ancas de la inevitable corrupción, el compañero lógico, ideal, no sólo inevitable sino querible, de esos procesos que desguazaron al Estado. Los obispos mexicanos juzgaron como una nación sin remedio a su país, sumido en la más profunda miseria y castigado por una corrupción merecedora de los peores infiernos. ¿Diría alguien que los mojones que ponen fronteras políticas entre México y el resto de América atajan esos juicios? ¿O éstos se extienden, como avanza la pólvora donde fue regada, hacia los incendios del sur? Esta región tiene sin trabajo para siempre a más del 16 por ciento de su gente, y la inmensa mayoría del resto padece trabajos degradados, humillantes, transitorios, mal pagados; ofendidos en el trato, estos empleados sólo piensan en cómo fugarse de esas trampas en las que han caído. Casi el 60 por ciento muere —ya no debe decirse que vive— en esas condiciones.

Los datos de la catástrofe son mencionados por los funcionarios como un acto de exorcismo. Parecen sentirse mejor reconociendo que no hay familias en pie, que millones de madres indigentes son jefas del hogar y que, sólo para evitarse mayores necesidades, millones de ellas abortan en las condiciones más patéticas, sin asistencia médica, sobre mantas roñosas en camas desvencijadas o sobre pisos de tierra, atendidas con una palangana llena de agua siempre dudosa y generalmente enfermante... y señaladas como las peores pecadoras. Dan estos datos en las conferencias de prensa los funcionarios, y luego, con leve sonrisa, preguntan: *¿Algo más?*

No, gracias. Hemos entendido.

O el jefe de policía, que muestra un cadáver y analiza amablemente lo que le hicieron, y luego, disculpándose por no tener más tiempo: *Es todo, caballeros.*

Pero en términos de dignidad, los inmensos viejos pobres sufren mucho menos que los nuevos. Aquéllos ya están hechos a esa vida —y de ahí el consuelo de los funcionarios—. No es tan malo vivir así si uno está acostumbrado. Los que observan desde afuera de la línea de pobreza se alarman, porque les parece que ellos no podrían sobrevivir a tanta ignominia. Pero sí se puede. Sólo se requiere nacer así o entrenarse un tiempo. Cientos de millones de americanos todos los días ven el nuevo sol a través de la transparencia de unas arpilleras, o metiéndose por los agujeros de las latas. Si se piensa que ya no pueden ser explotados, hasta empiezan a tener ciertas ventajas: los niños no tienen clases, los mayores no trabajan, a viejo no se llega... No sirven para nada. Llegaron al tiempo libre, al ocio, al "laisser faire". Por otros caminos, es cierto; pero ellos se permiten haraganear, quedarse con la mente en blanco, no preocuparse por nada más que ese vacío en el estómago allá por la media mañana.

—*Los nuevos pobres nos parecemos a los nuevos ricos* —sentencia Once con una sonrisa que delata un análisis ingenioso hecho muchas veces—: *llegamos ostentando, somos resistidos, se advierte nuestra procedencia, lo que decimos resulta ridículo.*

—*Es. Casi siempre es ridículo, papá. La educación te ubica a vos en un lugar y al bolsillo en otro. Les hablás como si fuera posible pensar la vida en términos de dignidad, tenés las ínfulas de señalarles tus derechos, te golpeás el pecho con lo que sabés de política, andás con estadísticas...*

—*... y no entienden nada. No hacen el más mínimo esfuerzo. Lo que yo digo es que si te mantenés lúcido, por lo menos no les das el gusto. Te están jodiendo, sí, pero les queda claro que vos te das cuenta. Alguien más fuerte te roba y si protestás te amasija. Está bien. Te lo bancás. Pero por lo menos miralo a los ojos, que sepa que vos sos más débil pero no imbécil. Porque a la larga, lo que pasa es que* *para el tipo es normal robarte, él pierde conciencia de lo que te está haciendo.*

El típico recelo de las dictaduras con relación a la cultura ha ido ganando a los gobiernos salidos de las democracias. En realidad, lo que le pasó a América después del ataque definitivo a la dignidad que significaron no sólo las matanzas ordenadas por los dictadores sino las trabas para esclarecerlas, resulta aún más perverso. La Dictadura de los Economistas provoca un aumento de las endémicas taras sociales de la región, pero avaladas, sostenidas por las democracias, el voto, los libros de las leyes que contienen todas las correcciones que fueron siendo de la conveniencia de los nuevos protectores. Las noticias detallando espantos parciales disparados por la singular estratagema son discutidas dentro del contexto "otra salida no hay". En nombre de la democracia se pueden cometer los peores atropellos a la dignidad. Cada día, todas las cifras lo demuestran.

Pero donde más puede advertirse es en el desprecio por la honra del ser humano. Ya no se trata de la degradación de los sumergidos. Ésa va de suyo. El mundo no resiste la aspiración de comida y de educación mínimas para todos. A los desprevenidos socios de segunda, ahora los llaman *los de la platea no numerada* —es la definición de Once—, y también los privan del decoro que da a los hombres la educación, la información, el valor de la cultura. Una por una, les quitan esas condecoraciones: autoestima, seguridad social, formación de los hijos, posibilidades de futuro, ahorro, trabajo. Miles de hombres se convierten en miles de números cada día. Y la única certeza es que todo va a empeorar.

Las previsiones de los empresarios, para cada año y en el 2000 también, son disminuir los salarios y dejar a la deriva a más empleados. 9 de cada 10 "necesitan" menos gente para tornar productivas sus empresas, y 4 de cada 5 presionarán para bajar los salarios. ¿Cómo se cumple con esa tarea? A través de leyes que lo permitan, y del terror que gana a los trabajadores al conocer las nuevas reglas. ¿Y a quién se van a quejar? ¡Si éste es un ordenamiento mundial irreprochable, legal, sostenido por mayorías de votantes y, por lo tanto, no denunciable ante ningún foro internacional, como los crímenes de gobiernos autoritarios!

Habrá, en 1998, otros miles de Once, Doce... 97, 99, 01... Y lo hicieron con mi voto, el suyo, el vuestro.

A las ocho de la mañana, o al terminar el día, con la misma indiferencia del saludo de un general a un soldado raso, las empresas irán diciendo: *Lo lamentamos Pérez, pase por la caja*. El acto, observado de reojo por el resto de empleados con la misma expresión de los enfermos que ven sacar a un muerto de la sala que habitan, se cumplirá en la clásica ventanilla detrás de la cual un hombrecito nervioso, que no puede levantar la mirada, pone dos o tres sellos, firma, entrega un cheque por la luneta y dice del miserable papel que lo acompaña: *Éste te lo quedás vos*.

Es la despersonalización de las empresas. El pudor aquel de Nino... no lo tiene hoy una empresa.

No es ésa, sin embargo, la peor de las afrentas. Asumir esta realidad, vivir "con la cola entre las patas", arrogarse el miedo como compañero, poner un techo muy bajo a las discusiones porque ante un superior sólo se puede perder, tener siempre la culpa, aceptar un olvido que no se cometió, no mencionar problemas personales y mucho menos económicos, no mostrarse contrario al gobierno, no exhibirse como entusiasta partidario de los hombres públicos humanistas, hablar poco, reírse bajito... no fumar... Eso es bueno. Respirar sin que se oiga... eso es aconsejable.

Es el oprobio.

Porque, ¿hay algo peor que admitir el recorte de los derechos más elementales? Sí. Inducir a la infamia. Generar una carrera de obsecuentes dispuestos a sostener su empleo apuntalados por una ética utilitaria cuyo enunciado parece indiscutible: "Debo darle de comer a mi familia". Y como el hombre no está dispuesto a reconocer que vive como un miserable, se arma de una serie de convicciones expuestas como verdades indestructibles, coopera con un estado cultural en el que se sienta cómodo, lucha por valores que le permitan mirarse con respeto. Intenta que se aplaudan otros méritos: los que ha negociado desde su condición de hombre con miedo. Es un individuo forzado a justificarse y quiere todo para abajo, el espejo siempre debe mentir. Sucede en tiempos de gobiernos militares. Para sobrevivir, la sociedad, inducida por los medios y por sus propios temores de cárcel y marginación, asume como ciertos otros criterios. Salta de los ideales más altos a elogiar la mano dura, el poder de mando. *Vos hacé la tuya. El que cumple con su trabajo y no molesta a los demás no tiene problemas.* "Algo habrá hecho", se decía por estas latitudes cuando se llevaban presos a los otros. Y "los otros" eran los amigos, los vecinos, los familiares lejanos, los periodistas a quienes se había admirado. ¿De dónde surge esa frase si no de la necesidad de justificarse para no ver una injusticia? ¿Y del miedo de pronunciársela uno mismo en contra? Es necesaria otra moral para poder vivir, para explicar la realidad a los hijos. El "algo habrá hecho" es un mecanismo de defensa, no sólo un gesto indiferente ante la tragedia de los demás. Todo el comportamiento social parte de premisas que llevan ese sello. Así como individualmente el hombre consigue que su conciencia sea aduladora de sus actitudes, en sociedad logra —se da— respuestas que favorecen el vivir sin despreciarse. Ya que la dignidad jamás ha sido un logro de las mayorías, a veces las mayorías se regalan simulacros de una dignidad que intuyen cómo debería ser, pero que queda fuera de su alcance.

Antes paralizaba el miedo a la cárcel y las torturas. Ahora, se trata de no perder el empleo.

Al cambiar su relación con el trabajo el hombre perdió respetabilidad, y sus medios para recuperarla son limitados. Las empresas que se quedaron con el mundo debieran asumir la responsabilidad que los gobiernos han delegado en nadie. Sólo creando condiciones de trabajo con las cuales se restablezca el respeto y la seguridad, sólo frenando la fuga hacia la protección de mayores fortunas y aceptando una disminución de las ganancias en esa búsqueda de un mundo que tenga posibilidades, envergadura, dignidad —y pueda comprarles lo que ellas producen—, las empresas conseguirán detener este descenso a los abismos. Lo que deberán gastar en seguridad, lo que ya invierten hoy para esconderse, pueden invertirlo en darse una humanidad tal que, habitarla, no les provoque miedo o tristeza.

Puede decirse que grandes sociedades ya intentan darse países mejores, pero éstos no coinciden con los países en donde están instalados sus conductores. ¿Por qué habría de interesarle a una firma internacional la grandeza o la seguridad de naciones que no son las de su origen? ¿Qué cuestión ética podría impulsarlas? Sí. Ellos quisieran mejorar su mundo. Sólo que no es aquí. Miles de empresas latinoamericanas están en manos de ciudadanos extranjeros que sólo ven su aspecto comercial. No están asistidos, y se comprende, por el deseo de mejorar calidad de vida, niveles culturales o educacionales que no sean los suyos. Por el contrario. Ante ellos, esas naciones con las cuales no tienen obligaciones éticas o afectivas se presentan débiles, convenientes. Cambiar su carácter sería un error estratégico. Es la dignidad individual, multiplicada por la cantidad de habitantes y dividida por el criterio de dignidad de los países líderes lo que da el estado de cosas de una sociedad. De esa resultante salen sus conductores, las leyes, las aspiraciones, la calidad de vida, el futuro.

Víctor Hugo sostenía que un acreedor es peor que un tratante de esclavos, porque el tratante sólo es dueño de la persona, pero un acreedor posee la dignidad del deudor y la puede manejar. ¿Cambiarían la ecuación los dueños del mundo? ¿Qué gobernantes les convienen en América? ¿Qué tipo de habitante es el ideal para manejar, y para proveerle esos dirigentes? ¿Conviene que sea un habitante culto, de buena y firme conciencia, pensante, con una estructura de pensamiento que se asiente en una educación alta y generalizada? ¿O será un poco más cómodo un ciudadano sometido, inculto, marginado, amenazado, agradecido de nada, sentado frente a un televisor mirando fútbol siete días a la semana, o novelas absurdas, o programas superficiales, como fundamentales alimentos culturales?

—*Conmigo están jodidos* —se ufana Once—. *No les pido trabajo. No me pueden echar. Y mi lucidez sólo cederá ante la vejez. A los demás los tienen del cogote, así los tienen. Yo sé lo que es ser feliz. Y sé que no lo soy. Y que no es por culpa mía. Chau, sonaron. No me pueden, piba, aunque sea gracias a vos y a tu vieja* —le revuelve el pelo a Laura, la inclina, le besa la frente—. *Acá no me pueden* —y se aprieta una sien con dos dedos—. *Yo estoy hecho pelota, pero lo sé. Y estoy haciendo correr la bolilla. ¡No es verdad que seas feliz comiendo un asadito con los amigos, tomándote unos matecitos con la patrona mirando el atardecer!*

—Eso cuenta, papá, es lindo, no hay que ser un príncipe para sentirse bien —dice Laura en uno de sus típicos intentos para encauzar el discurso de su padre cuando sus frases suenan a disparate.

—Ya sé que sí, pero en un contexto que no es justamente éste. Cuando bajás todas tus aspiraciones, cuando abandonaste todos tus sueños, comete un asadito y gritá qué feliz que soy. Hacete poeta y recitá ésa de Benedetti, con todo respeto, ésa de "ustedes y nosotros", que parece decir que la de los pobres es una felicidad más feliz. Que hacemos mejor el amor porque no necesitamos sábanas de seda, que lo hacemos con ganas. ¡Mentiras! Perdoname la grosería, piba, pero yo no tengo sábanas de seda, ni habitación con alfombra roja, ni paredes empapeladas de rosa, ni espejos, ni colchones altos, ni olor a perfume en la pieza, y que te diga tu madre cuando tengo ganas... Perdoname, Laura.

—Yo te tengo que perdonar —le dice la mujer a Once, moviendo la cabeza mientras mira a los amigos de Laura con actitud de "las cosas que hay que oír".

Pero Once ya no escucha. Se queda absorto, indignado, dándole continuidad a su discurso con un gesto y leves asentimientos con la cabeza, como si observara por la ventana una escena que confirma sospechas.

—Unos genios son. Te hacen creer que ellos... —los menciona como si fueran un grupo perfectamente

identificado. Y como sus palabras parecen dividirlo todo en dos bandos, aclara—: *...ellos son todos. Los que se quedaron con la vida de los demás entre las manos, los que deciden y los que ejecutan. Pero no lo pasan tan bien como nosotros pensamos. No, viejito. Ojo al gol, porque viven estresados, te hacen saber. Pobres tipos, hacen guita, viajan por el mundo, comen manjares... pero no vayan a creer que es tan fácil. Hay que estar, ahí cuidando los intereses. Ustedes porque no tienen nada. Pero andá a dormirte con la Bolsa de México en baja y vos tenés 50 millones metidos ahí. No es regalada esa vida. ¡No señor!*

Entonces, Once, escasamente amigo de recurrir a expresiones que contengan alguna fealdad, se pone de pie, contrae los glúteos, y ayudándose con las manos en la espalda para enderezar la columna suelta un *¡la puta que los parió!* y ofrece tomar el café en el patio.

14

EL SOL DA VUELTAS ALREDEDOR DE LA TIERRA

Los nuevos pobres son la mayor preocupación de los gobiernos. Todos los discursos oficiales, las estratagemas electorales, las estadísticas que mienten, los anuncios de una economía en crecimiento, los datos del PBI, los análisis de los economistas oficialistas, todos, chocan contra la realidad. Los viejos pobres están muchísimo más pobres. Pero nunca importaron demasiado. El sistema, en líneas generales, siempre sobrellevó el estigma. Un pan aquí, unos remedios allá, y de eso no se sale.

Pero la clase media sostiene el sistema, le da un sentido. Perderla, donde existe, es muy grave. Y no parece que haya forma de salvarla. Los que cayeron en desgracia desde 1990, la quinta parte, tienen su vida hecha en los sitios en donde se forma la opinión, donde se necesitan sus gastos. Son ciudadanos que se van de su clase social escandalizando, llamando la atención de los demás. Son colegios, clubes, restaurantes, cines y supermercados los que empiezan a perder. Y como se prevé otro 20 por ciento de inevitable caída antes del 2000, los gobiernos se asustan. Por ningún motivo relacionado con ideas humanistas, claro, sino por cuestiones recaudatorias, de imagen, de seguridad. Porque al poder hay que mantenerlo, además, y no será fácil.

Y cuando se asustan se vuelven patéticos los gobiernos. Ruegan, se ponen de rodillas, amenazan. Y las empresas se les ríen en la cara. Ante cada crisis monetaria, en semanas negativas de las Bolsas de Valores, imploran a los empresarios que aflojen la cincha, que ya al potro ellos lo domaron pero que así lo van a matar. ¿Y quiénes son sus interlocutores? ¿Dónde están los hombres que mandan en esas empresas que se cuentan por cientos y que no son ya sociedades comerciales a las que el país les importe? Al menos, no en los términos en que el gobierno desea. Desde lejos, desde un centro de poder que escapa a todo control y mucho más al de los débiles gobernantes, se aprieta más el acelerador. Si el final de la fiesta se acercara, tanto más rápido hay que sacar las ganancias previstas.

Cuando un gobierno les dice a las empresas que "no abusen", está diciendo que no tiene el control de nada. Por eso se humilla y se expone a los desaires de los verdaderos patrones de la sociedad. Pero la actitud de los gobernantes es tan severa como la de un padre que observa a su hijo haciendo jueguitos con la pelota a la hora en que ya debiera estar en clase: el pibe lo conoce bien y sabe que el padre tiene razón, hay un reproche sí, pero en el fondo se trata de un desfasaje ya imposible de arreglar. A padre e hijo los vinculan los afectos. A los gobiernos y a las empresas, los acomodos, los arreglos por debajo de la mesa. Las reglas de juego se hicieron a pedir de las empresas. Ciertamente, cambiarlas sobre la marcha es una traición. Por eso ellas ni se inmutan, y si algo conceden es negociando ventajas mayores por otro lado. Siempre saldrán ganando. ¿Cuál sería el incentivo si se les pide que pierdan plata manteniendo un número de obreros innecesario en ciertas épocas? No se despide por maldad. Los números no cierran: así de simple. No se decretan suspensiones de trabajadores para que éstos descansen y tengan una vida más aliviada. Deben evitarse las pérdidas. *Pero con todo lo que han ganado en este tiempo...* —les recuerdan los del gobierno—. *¿Por qué no hacen de cuenta que ganaron un poco menos durante este carnaval y nos dan una mano? Consideren también las necesidades del país...* Y los empresarios sonríen ante la ingenuidad. Ellos jamás han dejado de pensar en sus países.

Todo lo que pueden hacer los ciudadanos de la llamada clase media es volverse ricos. Ésa sería la única salvación. El que no sea rico, será pobre. Y esto es así aunque hipotéticamente la clase media se quede donde y como está. El salto de calidad de los poderosos es tan gigantesco, que las distancias son demasiado groseras como para seguir pensando que hay quienes están justo en el medio entre el hambre y la vida. En términos de libertad, dignidad, disfrute, cada minuto que pasa hace más altos los nuevos muros que separan a los pueblos. Todo lo soñado se convirtió en una pesadilla perpetua.

Todo lo ganado es la enunciación de las derrotas del futuro.

Como las soluciones de fondo no existen —porque nada serio puede obtenerse rogando y con las manos atadas—, todo cuanto puede hacerse es mentir. Llamar trabajo a lo provisorio. Dar un calce de tres meses, y después otro, y modificar así las cifras del desastre. De esa manera, lo único que puede aliviar la desgraciada vida de los desocupados es el acto eleccionario a perpetuidad. Como las calles deben ser arregladas, los árboles podados, las esquinas iluminadas... algunos empleos se inventan. Imposibilitados de generar verdadero trabajo, vacían la palabra de todo contenido. Y llaman trabajo a no hacer nada y a cobrar durante tres meses. Usan a unos cientos de miles de desesperados para darle crédito al régimen que a esos mismos ha marginado, humillado y postrado para siempre. La perversión alcanza el grado más alto de sofisticación y elegancia. La riegan los voceros internacionales más destacados.

Como si todo fuera poco, la única salvación para el modelo es más de lo mismo. La flexibilidad es la que puede combatir el desempleo. Más desregulación y menos gasto del Estado. Es decir: más pobreza y menos educación y salud.

Podrían evitarse una infamia, al menos. Pero no. Las quieren juntas. Bastaría con afianzar la inexistencia del Estado —allí plantado simplemente para legalizar la masacre— y el otro efecto sería inevitable: si el Estado no educa, ni cura, los desamparados aumentan. La desregulación se afianza sola. Sin embargo, la urgencia es tal que deben aplicarse los dos mazazos de la receta internacional al mismo tiempo. Un poco más de nafta en el incendio.

Hacia marzo de 1997 un empresario sugería por televisión la necesidad de implementar una privatización de la educación. Aunque fuera coherente con las prácticas generales auspiciadas por el liberalismo económico, aquel hombre engreído, engominado, de discurso sereno e irrefutable —al menos para la conductora que sólo atinaba a preguntar *¿Pero, entonces cómo sería?*—, aquel hombre decía que así como compraba quien podía, y vendía el que era competitivo, etc., se educaría a quien realmente lo quisiera y pudiera. Tenía razón. Con espanto podría aceptarse la lógica de su tesis. ¿Qué sentido tiene la inversión del Estado en miles de alumnos que de seguro abandonarán sus estudios, mientras se atrasan los pagos de una deuda que traba el desarrollo? Obreros y alumnos flexibilizados: ésa era su hoja de ruta en la carrera por acercar un poco de felicidad al país. Si el número de alumnos fuera bajo, la deserción podría ser combatida con alumnos transitorios en épocas de elecciones. No lo dijo así, es verdad. Pero estas ideas eran el sustento de sus declaraciones, servidas mirando alternativamente a la atribulada conductora y a los ojos de los telespectadores imaginados a través de la cámara.

El empecinamiento, la tenacidad, la continuidad

aplicada a lograr un propósito, valen mucho más que el peso de la inteligencia. Ya no es necesario ser lúcidos. A quienes tienen el control les basta con ser perseverantes. No sólo para insistir, sino para comenzar una vez más.

Los nuevos pobres durarán poco. El retorno es imposible. La caída, incontenible. Los contactos se van perdiendo, y así como un pulpo moribundo va aflojando cada tentáculo, así el nuevo pobre va soltando la preciada condición de aquello que lo definía como un clase media. Se abandona, como el maratonista que se cae solo y en eso encuentra su alivio. Da la última y precaria pelea con el ahínco de un montañista que, solo, ha resbalado. Da una última batalla, apura el paso, trastabilla, se afloja, y sonríe con la melancolía del que soñó distinto de la realidad.

Los competidores que nunca verán la meta son millones en América. Nada más que en la ciudad de Buenos Aires, supera los 2 millones de personas el número de los que trabajan mucho más que antes. Envueltos en la paradoja de no tener descanso en un mundo sin trabajo, ponen las manos adelante del cuerpo para que se las aten, para que se las corten o para que con cierta suavidad alguien los ayude a apoyar las rodillas sin dolor.

Como la flexibilización no basta, o ciertos políticos no la votan en todos sus términos reducidores de la dignidad, los patrones encuentran la manera. El sobretrabajo tiene un precio inferior. Las siguientes cinco horas del que está adentro cuestan mucho menos que las de un desocupado. Pero ése que mantiene ciertas ventajas económicas y con su sacrificio sigue pagando las cuotas del freezer —donde ya no guarda nada—, ése que hace cuentas para conformarse diciéndose que al tener más horas de trabajo gana por eso y por lo que no gasta, ése, ¿sigue perteneciendo a la clase media? ¿O la calidad de vida que ha asumido lo deja con las monedas, pero no con la dignidad de lo que significaba pertenecer realmente a una clase social donde el hambre era sólo un tema de conversación?

Sub-empleados. Sobre-empleados. Millones que se levantan cada mañana desesperados por una ocupación, un sueldo, unas horas para no pensar. Y otros tantos que salen de la cama como robot sin batería, deseando morirse para poder descansar.

Que sólo el diez por ciento constituya una clase social definible deja un número de millones para todos los rubros. Sin necesidad de trasladarnos al nivel mundial, en la Capital Federal y el Gran Buenos Aires millones buscan trabajo, millones lo tienen de sobra. Quieren cambiar de actividad o pierden la suya, dejan de buscar empleo o son empleados por unos meses hasta que pasen las elecciones, o se vuelven pobres y se mueren de hambre, dejan de estudiar o no van a la escuela, salen a pedir o no pueden dar ni una moneda. Siempre millones. Hasta que "millones" pasa a ser nada, nadie, nunca. Porque millones son también los que están cada cual en la suya. África es aquí, en Lima, en Guatemala o en México. El mapa nos habita.

Pero a los bebedores de gloria, igual que a los guerreros, a semejanza de los hinchas de fútbol, nada les es suficiente. Los dueños del mundo necesitan justificar su conducta. El animal grande se come al más pequeño sin traumas. El hombre tiene conciencia, en cambio. Por eso debe crear todo un sistema de valores que se imponga al resto. No le importa si esos juicios son relativos, como inevitablemente todos lo son. Declara legal la religión de la libertad de mercado, legisla la degradación de la dignidad, aniquila la esperanza de un mundo mejor. O lo hace posible para unos pocos y se permite filosofar, tener razón. Y hasta se autotitula bondadoso cuando invierte, cuando acepta dar eso que queda en pie con el nombre de trabajo. El sol da vueltas alrededor de la Tierra. Y lo demuestran con toda claridad.

Un juicio de valor se convierte en verdadero y la justicia no tiene dónde aferrarse. ¿Era justo lo que era bueno para el hombre? Daría la impresión de que esta realidad del mundo de los noventa está bastante lejos de ser buena para la mayoría de los habitantes de la Tierra. ¿Era justo lo que portara felicidad? Descártese, no sirve, no va, no ayuda a la filosofía de estos tiempos. ¿Qué es la felicidad? ¿A cada cual lo suyo? Risueñas reflexiones parecen oírse negando semejante principio. En un comienzo fue la libertad del individuo por encima de todo. Luego el individuo colectivo fue imponiéndose sobre la individualidad. Hasta conseguir que unos pocos se quedaran con los intereses del colectivo y la gran mayoría sin ninguna de sus libertades.

Esa sed de justicia que surge innata en el corazón del hombre ha sido aplastada, porque la libertad no es tal si no es un bien que se goza con el único límite del otro. El hombre cada día hace menos lo que anhela para preservar sus libertades. Es prisionero de la libertad. Para mantener su derecho al trabajo, a la educación, a la salud, el hombrúmero acepta su obligación de voto —como libertad ya no le interesa— y vota que lo priven de todo al cabo de la más curiosa parábola de la historia de las ideas. Y entendida su voluntad como un pronunciamiento soberano, el ciudadano es quien lo ha querido así. Las mayorías son las que tienen razón. ¿Qué otra salida podría adoptarse? Lo que hay que hacer, entonces, es dominar a las mayorías para que elijan aquello que conviene a las minorías, dándoles, además, el salvoconducto de que eso es lo que el pueblo ha querido. ¿Qué otro remedio les queda a los que dominan a las mayorías más que aceptar lo que éstas deciden? Siempre estará el recurso de controlarlas privándolas de su "dignidad de mayorías" temporariamente. Y no siempre por el camino tan cruel del asesinato y del vasallaje por parte de los dictadores, una fórmula innecesaria ante el éxito de las ideas noventistas. En la ciudad de Washington, un tal Marion Barry, hombre con algún criterio moral a contramano, un tanto corrupto, algo drogadicto, fue elegido cuatro veces, de las cuales la última constituyó una especie de reivindicación popular tras la cárcel sufrida por el vicioso alcalde.

Hubo que hacerle una cura referida a la droga del poder. Y declarar una debacle de la democracia castigando el sufragio de una ciudadanía evidentemente desquiciada. En la mayoría de los países americanos, la pregunta formulada desde la perplejidad era: qué habría hecho realmente aquel hombre para que su falta de honestidad, su espíritu corrupto, sus mentiras, sus vicios, su manejo de la justicia y el amparo a ciertos criminales se convirtieran en el "pretexto" para avasallar un principio vital en el ordenamiento de estos tiempos como es el respeto a las mayorías.

El aval perfecto, la legitimidad y la justificación moral de este mundo de insatisfacciones plenas es el voto. Pero poco puede hacerse para preservar ese valor si las mayorías dejan de ser obedientes ante quienes vigilan la felicidad y la justicia: las minorías ilustradas. Cuando no es suficiente poner éter en los ojos a través de la televisión, cuando la incultura y la humillación no alcanzan para asegurar el control, se procede por vías menos sofisticadas. Como no se conoce nada más perfecto que la decisión a través del voto, no habiendo otra salida que sea más criteriosa para concederle al hombre una última dignidad —y el poder elegir es una de las mejores definiciones de lo que entendemos por dignidad—, lo que se hace es dominarlo, o corregir los efectos.

Simone Weill sostenía que la opresión claramente invencible e inexorable no da lugar a la revolución, sino a la sumisión. Pero también afirmaba que el único camino hacia la verdad es a través de la propia aniquilación, debiéndose soportar durante un largo período un estado de total y extrema humillación. ¿A cuánto tiempo se referiría? ¿Y cuál será la verdad que puede esperar al mundo después de una escala que se parece demasiado a la última? ¿No será ésta la verdad? Preguntado de una manera más angustiante: ¿no será *esto* lo más justo a lo que puede aspirar un habitante de la Tierra?

¿Y qué es lo justo, hoy? Si siempre la justicia osciló según las jerarquías de los valores, ¿cuáles son los valores que el mundo impone ahora? Cuando Francis Fukuyama habla del Fin de la Historia aludiendo al triunfo liberal —y señala que se ha llegado al estado superior, porque ningún otro sistema pudo ni podrá garantizar que el progreso científico y la realización personal del hombre se concreten como no sea luchando con la espada liberal—, ¿está Fukuyama aplicando un golpe de karate en la garganta de la esperanza? ¿Se terminó toda ilusión de justicia para dar lugar a la justicia posible?

Dos hombres hay en la Tierra, y un vergel. Lo justo es que lo compartan, indica la ley divina que alumbraría cualquier dios, cualquier hombre, o la Tierra si ella hablara. Pero resulta que el uno llega antes que el otro, y proclama que el vergel es suyo. Nada más ajustado al sentido común, podría decirse. Y el punto de partida del ideal de justicia ya es completamente distinto. ¿De qué justicia estaremos hablando ahora, bastardeado el concepto de igualdad, aceptada una vez más la explotación del hombre, ungidos los valores mercantilistas por encima de todos los ideales?

Cuando el sistema burocrático estalló en mil pedazos —y en muchos países—, en la Unión Soviética no sólo se llevó el fracaso de las instituciones y los hombres sino que arrastró también sus promesas, sus ideas y las de parientes que construyeron la felicidad de buena parte de Europa, como la socialdemocracia. Todo cayó dentro de la misma bolsa. Y lo peor no fue esa estremecedora derrota. El mundo perdió toda noción de equilibrio en el terreno de las ideas. Antes, comunismo y capitalismo se balanceaban con sus acusaciones mutuas, podían esgrimir sus méritos y las miserias del opuesto. La implosión soviética dejó al capitalismo sin tener ante quién fracasar. Y todo se convirtió en un éxito avasallante, indiscutible. Antes, algunos señalaban con el dedo: *Miren qué pobreza, qué atraso, qué pocos bienes generan, qué servicios deficitarios. Y no pueden hablar, ni votar. Pobre gente. Y miren esto, en cambio* —agregaban abriendo los brazos y mostrando rascacielos, autos, aviones, joyas—: *esto es vida.* Era la ética de darle al hombre lo máximo, permitirle llegar a lo más bello, a todo lo que él fuera capaz de crear. Si la ética es el valor supremo a conservar porque su objeto es el hombre —como sostienen ciertos filósofos—, éste estaba a buen resguardo.

Desde sus trajes grises, parados al lado de un quiosco que ofrecía una sola revista, un único diario, una única bebida, los otros también apuntaban: *Sus hijos se mueren por millones cada año, mientras que nosotros producimos jugadores de ajedrez a la edad en que ustedes los lloran. Seremos tristes, pero ustedes, para ser felices se drogan. Tenemos una sola marca de todo, pero la tenemos todos. No hay muchos canales de televisión, pero tenemos cultura*. Si la ética tiene como objeto al hombre, allí tampoco estaba tan mal cuidado.

Había, además, un grupo recostado a la tibieza de una ética que atendiera al hombre y a los hombres. Eran los que no despreciaban un rascacielos, pero tampoco querían chicos famélicos esperando en la vereda para comer de los tachos de basura. Eran el producto de la controversia entre los dos mundos. Eran los que tenían más dificultades para conciliar sus puntos de vista porque no querían darle un palo a la justicia ni a la libertad. Pero la correntada soviética los arrastró también hacia la cascada en la que se convertían en vapor los enemigos de la libertad —entendida en el estricto sentido del liberalismo económico—. Entonces, se restregaron las manos a orillas del río, se dieron unas palmadas aprobatorias, y le dijeron al mundo: *Señores, ustedes lo vieron*. Y se quedaron ellos solos con vidas y haciendas. Fundaron una justicia. Construyeron la verdad. Y concluyeron la historia.

Las viejas trabas —protección social, límites a la explotación del hombre, control de los monopolios— que de mala gana había aceptado el capitalismo para frenar sus inevitables excesos, cedieron como las puertas de un decorado de utilería. Universalidad, mundialización, globalización, competitividad, liberalización, productividad, excelencia, desregulación, flexibilización, mercado, tecnificación: todo entró en escena. Un malón intelectual penetrando por los medios de comunicación a través de las empresas, con los presidentes del mundo como amables porteros. Un capitalismo salvaje explotando el trabajo donde el trabajo cueste menos. Abandono de pobres y enfermos a su mala suerte. Idiotización por educación.

Podría haberse intentado un modelo más moderado de capitalismo, como sugirieron pensadores europeos —ellos lo practicaron—. Buscar las ganancias necesarias para fijar la fortaleza de la empresa. Pero no. Hay que ganar mucho. Muchísimo. Hoy. Multiplicarlo mañana. El que no multiplica es ineficiente, está perdiendo terreno. Un minuto de atención a las súplicas puede ser un año de derrotas en el terreno donde se juega el gran partido de la competitividad. De lo malo, hubo siempre. Vayamos a lo bueno, que todavía queda mucho por hacer, ganar y disfrutar. Que no molesten ahora. Perdieron. No volveremos al mundo de la burocracia, de las demandas constantes, del clientelismo. Defendamos esta victoria, que somos pocos, infinitamente inferiores en número. Primero fue la flexibilización. Ahora es la inflexibilidad.

La parte más sufrida de la sociedad ha sido doblegada. No sabe por dónde empezar a luchar. Ni los bien intencionados —siempre en la oposición— pueden representarla. Temerosos de ser marginados por la dictadura de los economistas, corren y les aseguran que si llegan al poder nada cambiará. *Lo que tienen, de ustedes es. En todo caso, moveríamos alguna coma en las cifras de la educación y la salud, pero sin patear el tablero. De eso pueden estar seguros.* Entonces, ¿qué? Si los que tienen las manos limpias, sabiendo que ésta no puede ser ni la verdad —por lo menos no la de Dios o la del derecho natural— ni la justicia ni la felicidad; si ellos tienen que agachar la cabeza dando explicaciones, humillándose también, ¿quiénes quedan? Y si hay quiénes, ¿cómo harán para sosegar esta ambición sin precedentes?

En sus países de origen son mucho más cuidadosos los indetectables controladores del mundo. Allí demuestran educación, tienen estilo, respetan leyes, evitan monopolios, aceptan el arbitraje del Estado. Son señoritos ingleses que hacen de las suyas, sin traicionar la esencia del sistema en el que creen, claro. Pero en América latina se presentan como los colados de la fiesta: comen los saladitos y los dulces al mismo tiempo, corrompen a los mozos para que les sirvan rápido y sólo a ellos, y después suben a una mesa y piden un aplauso para los novios, sin importarles que se trataba de un cumpleaños; bajan a las risotadas, resoplan migas y se van haciendo eses, apoyados en los mozos, con el beneplácito general de los invitados y los elogios del maitre que dice a los gritos: *Si vienen es porque nos quieren, ¿dónde les van a ofrecer una celebración como ésta?*

La angurria les impide ver que la tranquilidad es sólo aparente. En las grandes ciudades ya no quedan casi habitantes que no hayan padecido algún acto violento. Fueron robados, golpeados, atropellados y asesinados cinco veces más en América latina que en los países desarrollados. Aumentó la vigilancia privada, se pusieron rejas hasta en las claraboyas, porteros con visor, casas con alarmas conectadas con la policía, custodios, vidrios polarizados... ciudades enteras amuralladas donde vivir un poco más tranquilos y protegidos. Defensas siempre insuficientes. Algún día habrá que salir a la calle. Y allí no se sabe lo que puede ocurrir. O peor: sí, se sabe. Hay un hombre hambriento y muy enojado que está robando por instinto de conservación, y que mata, porque su propia vida no vale nada. Le piden piedad de rodillas, y con una risita de loco el hombre pregunta quién le tuvo clemencia a él.

La pobreza no es la misma de antes. Cuando sólo no había alimentos era más aceptable. Moralmente, era admisible. La dignidad, aun en las peores condiciones, podía estar a salvo. Pero esta pobreza de hoy es hija de la ambición de los poderosos, y esa avaricia, el apasionado capricho por tener más, es lo único no planificado. De ahí que no se pueda controlar. No cede ni ante el miedo. No afloja ni ante la certeza de una vida acechada por la sinrazón y la muerte. Apuesta a más policías, más cárcel, más armas.

Todo se presenta como un profundo, grotesco error. Cuando se conocen datos del creciente racismo europeo —no inferior en proporciones al latinoamericano—, lo que debería leerse es que el hombre de finales de siglo es un hombre que odia. Odia con tanto ardor que atropella todo razonamiento, todos los valores de su religión, los mínimos rastros de ternura, compasión y rectitud de su niñez. Pero ese rencor, su tirria, la hostilidad, el aborrecimiento, fluyen de su interior, de su fracaso, de sus angustias. Las circunstancias lo han rebajado a la inquina y al desprecio respecto de su propio ser. El negro, el amarillo, el árabe, el judío, el extranjero, son sus pretextos. Y sobre todo sus enemigos económicos: del pobre, porque cree que le quitan su trabajo; del rico, porque siente disminuir su frágil seguridad.

La historia empuja, es cierto. Existen viejos enfrentamientos que nunca encontrarán solución. Pero el presente es un caldo de cultivo para los prejuicios y los preconceptos. El odio por cuestiones sociales y económicas, la falta de cultura y la educación postrada a los pies del dios global, proyectan las cifras a niveles de angustia. Los porcentajes son superiores, aún, a los conocidos. A muchos hombres les cuesta aceptar que son racistas. Saben que eso es un horror, que habla muy mal de sus corazones, que ser racista es un motivo de autodesprecio. Entonces lo niegan, aunque actúan como tales. Pero los que carecen de educación, como ocurre en casi todos los asuntos, son menos sofisticados, se inclinan hacia el odio. Por ser algo que claramente surge desde el interior del hombre, cuanto más pobre es el espíritu más fácilmente se transita por la rabia, la ira indiscriminada, el encono hacia el diferente; sea por piel, procedencia o situación social. Cuanto más inculto es el hombre menos es posible erradicar de su corazón el prejuicio, tan natural como imaginar un cactus en medio del desierto. —En esa aridez sólo ese tipo de plantas, o ciertos animales de otros sitios resecos del planeta, son concebibles—. La educación de ese hombre que se queda solo, prisionero del colectivo individual, está cada día más negada por el Estado —digamos: restringida por los hombres del Estado—. Y la educación es el suelo en el que crece todo conjunto de valores.

El racismo —se ha dicho— es apenas una expresión vaga, sin ningún signo visible de sustento. Si hubiera un plano en el cual pudiera discutirse —porque el racismo no se discute: se manifiesta, se expresa—, este enemigo, el más detestable del corazón del hombre, podría ser combatido. Pero es ésa su vaguedad el gran auxilio para que prospere. Es la confusión su aliada: algo se tiene en la cabeza, un desprecio sin fundamentos, una inquina que corroe y corrompe el pecho, un resquemor, una suspicacia seguida de encarnizamiento y perversidad.

Hace más de 200 años —cuando "apareció", con la Revolución Francesa, el concepto de felicidad referido también al pueblo—, en la Declaración de los Derechos del Hombre se acordó que el desprecio por los derechos humanos, la ignorancia, la falta de memoria, son las causas de las desgracias de la gente y de la corrupción de los gobiernos. Debió precisarse que son los gobiernos los que se sirven de la ignorancia y la falta de memoria. Fingen angustiarse por las manifestaciones de racismo, por la violencia en las calles, por el odio generalizado. Sólo aparentan. Cada día auspician más hambre, menos educación, más odio. Hundieron, en millones de personas, las garras del economicismo a ultranza pero no se conformaron con apoderarse del bulto grande que encontraron. Estiraron los dedos, rebuscaron con las uñas, las vaciaron de lo grande y de lo mínimo. A la mayoría le arrebataron hasta los últimos vestigios de lo que llamamos dignidad. Y lo han hecho a las carcajadas, con frivolidad insultante, dándose la razón, golpeándose el pecho, acomodándose en algún rincón tibio de esta historia que ellos mismos escriben.

¿Qué mecanismos les permiten celebrar, en un mundo de barrios privados para los que quedan con vida y de casas tomadas con tablas clavadas en lugar de cortinas para los expulsados del paraíso regulado? ¿Cómo consideran ellos el sentimiento de esos que miran desde afuera de los muros de las manzanas protegidas? ¿Cuál podría ser la relación entre el villero que duerme recostado contra el exterior de esos muros y el que tres metros más adentro, del otro lado, es habitante de otro mundo? ¿Cómo se hace para mirar para otro lado frente al diario que un día cualquiera habla de madres pobres de algunas provincias argentinas y distintos sectores de América, que sufren presión para deshacerse de sus hijos entregándolos a intermediarios que luego los venden en otros países; o frente a las colas interminables de los comedores comunitarios que, no obstante su tarea, no impiden que haya decenas de miles de chicos desnutridos nada más que en el marco bello y grandioso de Buenos Aires; o ante lo poco que cedió la mortalidad infantil en la América privatizada —y esto quizá debido a una disminución muy sensible de la tasa de fecundidad—? ¿Cómo se hace para no atender al aumento de la tuberculosis; o para ignorar a toda una generación perdida por la falta de educación —asunto éste especificado en la Asamblea Anual del BID, en 1997, cuando su presidente sostuvo que el fenómeno de la globalización afectaría el futuro proyectándose a todos los ámbitos y advirtió como imprescindible que, más allá de las fuerzas ya desatadas, se resguardaran aspectos éticos tales como el de la equidad—? ¿Cómo se hace para mirar para otro lado frente a los asesinatos a mansalva de ciudadanos indefensos; o ante el gran número de jubilados obligados a cobrar viejas deudas del Estado en unas tan cómodas cuotas cuya cantidad excede las propias expectativas de vida?

Ha sido necesario elevar a su máxima potencia los mecanismos de defensa de la sociedad para que, en medio del desastre, se pueda ser medianamente feliz. Refugiarse en un cierto egoísmo, pensar que las cosas no podrán ser de otra manera por más que nos esforcemos, decirse que siempre el mundo padeció la injusticia. O asumir comportamientos individuales de compromiso con las ideas humanistas, establecerse en trincheras desde donde crear espacios de dignidad; o huir despavoridos hacia el arte, ese último reducto donde existen el orden y la armonía que el corazón anhela. La risa y las lágrimas, el asombro y la gratitud servidos a los pies de quienes hablan del amor y el odio, la vida y la muerte, en ese único ámbito donde se eleva la mirada y se dan soluciones justas o lo suficientemente abusivas como para que sigamos despiertos. Un faro que, al menos por un instante, muestra lo que esconde la noche de la sinrazón. Pero tampoco. Resulta muy difícil pensar con nobleza cuando uno tiene que pensar en la forma de ganarse la vida, decía Rousseau. O aquel poema de García Lorca, en el que se le pide a un hombre que aprecie la belleza, mientras que él responde: *Tengo hambre*. ¿Cuántos son los que pueden recorrer los sucesivos estados de cultura que permiten acceder al amor por las artes?

Cierran las puertas de la educación. Y tiran las llaves. El mensaje del poder es: todo es igual, una cuestión de gustos. Da lo mismo el más ramplón de los programas de televisión que un libro de Camus. Si aquello es lo que a la gente le gusta, ¿quién tiene derecho a no respetar una decisión tan individual como determinar *qué* los hace felices? Cuanto más ordinarios los espíritus, más fácil resulta manejarlos. Datos sueltos, frases hechas, códigos mínimos. ¿Para qué más? Esquemas sencillos, la mirada hacia el piso. El hombre no suma, no recita, no molesta. Un poco de comida, idiotización a domicilio. Nos está quedando algo animalito, es cierto, el hombre; pero miren qué juicio, cuánta sumisión. Si en este mismo año, ya, pudiéramos darle por televisión 700 partidos de fútbol en vez de 300, 1.000 autos en lugar de 100, y más muchachos originales y audaces que manden todo a la reputísimamadrequelo-parió, no habría que esperar a entrar en el 2000 para encontrar al hombre y al telespectador perfecto. En serio: que no jodan los que quedan de la clase media, pensando, despotricando, en vez de ver cómo hacen para zafar. Hablan de educación, de trabajo, de dignidad, de derechos humanos —¡como si alguien les pegara ahora!—, y después los tenés a todos bien contentos si durante todo el año Boca-River, Nacional-Peñarol o Alianza-Universitario pelean el campeonato cabeza a cabeza.

Los valores no aparecieron como entelequias dispersas. Es la cultura, el crecimiento intelectual y espiritual del hombre, su riqueza interior, su hambre de ética y justicia lo que genera esos valores en los que creemos. En cambio, una cultura decadente, un empobrecimiento de las miras, un adormecimiento generalizado delante de los televisores y las vidrieras de los shoppings, sólo pueden producir valores superfluos y débiles.

El período de total y extrema humillación que mencionaba Simone Weill ya está transcurriendo. Pero debe aclararse: no hay verdades al final del camino. Salvo que el dios de nuestro corazón aparezca y nos dé señales más evidentes.

15

LA ESPERANZA ES UN DESORDEN DE LA DIGNIDAD

Once sostiene la teoría de que los gobiernos que auspiciaron o aceptaron la globalización deben ser reconocidos como los que más esfuerzos hicieron para que aceptemos la muerte.

—*Se te aflojan los dientes, se te pianta el pelo, decaés en el amor, se te van los hijos...*

—*¿Yo me voy acaso?*

—*Vos sos mi mamá... se van, te vas a ir, es la ley de la vida... ¿no te acordás con quién se iba Brando en "Nido de Ratas"? Te dejan sin trabajo y te raspan lo que te va quedando de dignidad... decime si no son unos cracks para hacerte desear la visita de la parca...*

—*Todo al revés, papá. Justamente para hacerles frente hay que seguir viviendo.*

—*... pero después de terminar el campeonato tiene que ser. Así no te vas con la incógnita y te salvás de que, si la Academia da la vuelta olímpica, tus amigos se planten al lado del cajón a lamentar que te fuiste sin verlo. Pero no. Seguro que por eso también me puedo morir tranquilo.*

La esperanza es un desorden de la dignidad, sostiene Once, porque, dice, es la rueda de auxilio de la gran estafa cometida. Duele menos el presente si uno se permite la ilusión de un mañana mejor. La fórmula sería aceptar que cuando ya casi nadie tenga trabajo, y los pocos que sigan en actividad lo hagan por un salario miserable, el mundo estará mejor al haberse disminuido los gastos superfluos del Estado y aumentado en forma históricamente insuperable el PBI.

Pero Once no acepta concederles el beneficio de la ilusión: *Lo que quiero que sepan estos indecentes es que no me tienen, que no les pertenezco. Me piré. No va más. ¿La vida?: no la quiero más. Y si no quiero más, ¿cómo me pueden jorobar? Los desprecio, me les río, los sobro cuando hablan por televisión. No me calientan, no me pueden.* La gente que se ha retirado, los que ya ni buscan trabajo, ni quieren votar, ni van al centro, ni leen los diarios... ésos como Once, se cuentan por millones. Mate, televisión y fideos. Y ganas de nada. *De la tele, un poco* —admite él—. *Te alivia dos veces por día. Cuando la prendés, te seda, te ayuda a no pensar, a devorar el tiempo. Le das al control remoto como si tu mano fuera un corazón. Y tenés como 70 latidos por minuto. O más. Conozco a un fanfarrón del bar que habla de 125 canales. ¿Sabés cómo crece la expectativa de una familia con esa ventaja? Porque es la única xilocaína que existe para sobrellevar el atropello: encontrar en la televisión una imagen que te interese. ¿Cómo no vas a encontrar algo entretenido si te dan 70 chances? El programa, afuera, en la calle, es una afrenta. Se trata de elegir entre un tren, un micro, un camión. Abrís la puerta de tu casa y el programa es la realidad. Cerrás —y apagás—. ¿Qué otra elección tenés? En cambio, al aparato lo ponés en marcha y vas memorizando: que el 14 pasa una película que ya viste y te gustó, que el 23 un desfile de modelos en París, que el 36 un golazo del domingo, el 54 un documental... Y podés seguir buscando, como cuando entrabas al baile y te ibas caminando entre las mesas, marcando las mejores pebetas, pero igual seguías con la expectativa de alguna todavía superior. ¿Se acuerdan de Gardiner, el personaje que hacía Peter Sellers en "Desde el jardín"? Bueno, hay millones de Gardiner hoy día. No dudo de que ya existe en la Tierra un hombre que ha decidido sólo mirar televisión por el resto de su vida. ¿Qué precisás?: un pulgar ágil y una buena dosis de amor por el poder. ¿En qué otra circunstancia una persona es más dueña de todo que con el control remoto en la mano? ¿Decís pavadas, locutor?: te saco, te borro, ya no estás, no existís. ¿Erraste el gol?: me caliento y me piro. ¿Das noticias con sensacionalismo?: chau, no vas más. Cuando mi mujer me habla, o llega Laura, a veces tengo la impresión de que me impiden seguir haciendo justicia. No me distraigan, les pediría. Estoy haciendo tabla rasa con los verseros, los mentirosos, los adulones del poder, los necios ricos y los tontos pobres. Después te queda apagarla, y ése también es un gran momento. Por lo general es cuando aparece uno de "ellos", o en las encuestas, cuando descubrís que salen a preguntarles a los que no saben ni entienden nada de nada. Claro, no van a los que tienen un mensaje valioso para compartir con el público. Para representar nuestra ignorancia y nuestra incapacidad, y así legitimarlo todo, van a los otros.*

Once ya no lee, salvo algún diario que Laura trae del estudio. Libros, no tocó uno solo desde que empezó la debacle. Al principio, porque era un hombre sin sosiego mortificado por mil pensamientos que, a cada momento, suspendía la lectura para quedarse colgado de lo que iba a decir mañana cuando fuera a ver a Fulano: se enganchaba con simulacros de salvataje, imaginando que zafaba, aun mientras tragaba más y más agua, y más turbia se volvía la superficie, y más desarraigados sus pies buscando un punto de apoyo. Después, porque creyó descubrir que le hacían falta lentes, y, así justificado, se fue quedando sin ánimo para abrir un libro. *Un buen libro es como una buena película. Te prepara mejor para la vida, te ayuda a entender lo que te rodea, a captarlo mejor. Vos sos, mientras dura el efecto de un libro, una mejor persona. Más humano, más sabio. La vida vale más la pena, y sentís que estás mejor preparado para afrontarla. Pero hay que estar predispuesto, abierto y, si es posible, vivo* —ironiza—. *Yo estoy adentro de un libro. Como en* La Rosa Púrpura de El Cairo,*me salí de las páginas, y la verdad es que las dejé con un diez. Pero hice una excepción,* dice, tirando un cabo. Y lo suelta, generando expectación. Y se recuesta sobre la idea, entrecerrando los ojos, con una sonrisa leve, sintiendo la tibieza de quien se apoya sobre una pared que recibe el sol de abril. Entonces cuenta que sin querer se leyó *La condición humana*, de nuevo. De casualidad. Porque se acordó de la escena en la que el líder de la revolución vencida les da sus propias pastillas de cianuro a dos jóvenes, que no conocía hasta ese momento pero que pertenecían a su movimiento. ¿Por qué entrega ese tesoro, reservado para quitarse la vida frente a la posibilidad de confesar algo o para no sufrir más tortura? Los muchachos se manifiestan horrorizados al descubrir que serán quemados, y no fusilados como creían ellos que iban a morir. Es entonces que Katow les da las pastillas. Pero resbalan de sus manos, y caen sobre el piso de la prisión a oscuras. Es cuando Malraux consigue esa imagen conmovedora, trágica, potente, absurda, en la que tres hombres que quisieran seguir vivos buscan desesperadamente unas dulces pastillas de cianuro.

—*Después me lo leí todo, con el mismo placer que a veces reencuentro en una vieja melodía. Qué me habrá guiado hasta ese recuerdo tan doloroso, se preguntarán ustedes* —y mira a los muchachos encuestadores, a Laura y a su mujer, y sorbe la bombilla hasta que el mate hace una descarga—. *Una idea positiva: se ve que yo, en esos días, quería recordarme que siempre hay algo peor.*

16

AL RESCATE

Ya no se piensa en la dignidad. No se discute al respecto. La dignidad no es bandera en alto de ninguna lucha política. Parece fuera de moda, ingenua, estéril; y en todo caso se la incluye entre otros temas. Pero es que la dignidad está implicada en las aspiraciones y necesidades inmediatas, como el trabajar. El gran palacio que tenía el cielo en la mirada más alta, ha bajado su techo. Como la libertad pronunciada por dos presos que en el calabozo filosofan sobre su derecho a ir al baño o apagar la luz más tarde, la dignidad existe sólo en un contexto mínimo. Ha dejado de ser lo que era —y nunca llegó a lo que se había soñado—, para dar lugar al resentimiento agrio de los sumisos.

En el apogeo del concepto sobre la respetabilidad del hombre, un pensador definió a la dignidad como la cualidad que permite, aun sin el decir y sin el saber, tener al alcance una gran cantidad de respeto. ¡Era nada menos que un hombre! y estaba plantado en el centro del universo. De esa noción procede, ahora, el agravio. Hombre es un número.

Un ser culpable de nada, sin posibilidad de elegir, humillado a la vista de todas las estadísticas. En medio de la noche, robado y desnudo, debe tocar timbres al azar, sin saber cómo explicarse.

Y en algunos países, como los latinoamericanos, estos hombres son ofrecidos, ponderados. Los gobernantes lanzan campanadas mundiales agresivas asegurando que a los más baratos y controlados los tienen ellos. Antes los atan de pies y manos, los abofetean hasta demacrarlos, los hambrean un poco, los pasean por el infierno de la desocupación; luego les toman una foto y después presentan las postales en los concursos mundiales de la indignidad. *¡Vengan aquí!* —claman a los gritos—, *¡no los hay mejor domados en ninguna parte! ¡Inviertan tranquilos, que éstos ya ni protestan!* Salvo para aquellos que sienten al trabajo como un asunto que interfiere con el golf, un empleo es una fiesta para el hombre del fin de la historia, aun si sólo le correspondiera ser el mondadientes o la servilleta. Trabajo, luego existo —piensa mientras le dan ese calmante cada día más reconocido por la medicina.

Al largo camino de la historia le cambiaron el sentido, como si hubieran dado vuelta la flecha en una avenida. El hombre había superado esos cruces peligrosos: la esclavitud, el feudalismo, el derecho de pernada, la revolución industrial con la consiguiente explotación. Y más. Se asomó al siglo XX igual que un minero que vuelve a la luz tras el derrumbe de las galerías. Cien años más tarde, hoy asiste al desmoronamiento final —si es que Fukuyama tiene razón y sus ideas no son un operativo para afianzar la conquista desde el centro del sistema—, y aquellas ínfulas del 900 aterrizan en caída libre junto con todos los derechos y reivindicaciones. Con la humillación del boxeador aporreado que al terminar el round vuelve al rincón equivocado, nuestro héroe se acuesta cada noche y sabe dios —o Dios— qué fuerzas le permiten ponerse de pie al sonar la campana del siguiente día.

La dignidad es un asunto político, y aun devaluados y fracasados, son los hombres que acceden a esa condición los que deben devolverla a niveles respirables. Y como quienes están en el poder sólo trabajan para tener más poder y mantenerlo por más tiempo, y solamente eso les importa y siempre será así —porque es de vileza innata, el poder—, son los partidos opositores, las organizaciones humanistas, los líderes de opinión, quienes pueden rescatar la dignidad perdida. Miles de ciudadanos aún lúcidos y comprometidos deben limpiarse el pecado de la comodidad, del individualismo feroz al que son empujados, del autismo social. Como alguien que tras revolcarse en el pasto se pasa las manos por la ropa, con el esmero de las mujeres al limpiarse el maquillaje. Porque, ¿de qué manera se es cómplice y se colabora con un mundo superficial, estúpido, vacío, mantenido en pie como un muro, un nuevo muro, una fachada hollywoodense de la destartalada realidad? Como el dios para los panteístas, la mediocridad parece manifestarse a través de todas las cosas. En la calidad del pensamiento, en la ausencia de generosidad, en la pobreza de la educación, en la calidad de los entretenimientos. En las declaraciones del poder, las ideas de los animadores, en los temas que parecen ser sometidos a la consideración de los espectadores —y en realidad los someten—. O en la pérdida del derecho a la debida información, porque los medios periodísticos muchas veces están mezclados con otros intereses y elogian o critican según tengan o no "los derechos exclusivos", saliéndose abruptamente del maravilloso propósito de no permitir el avance de los intereses sobre los principios.

Debería haber una alerta general como en momentos de catástrofe. Y esta etapa de la humanidad es uno de ellos. Promocionar, publicitar la resistencia. Vivir atentos a los desbordes del poder. No esperar nada de él. Saber que si el tema es la pobreza, ese poder trabajará para ocultarla. Dará un pan y pedirá un voto. Invertirá en pregonar la hazaña a través de los medios y se llevará una coima sobre las ganancias de la agencia contratada. Dirigirá el obsequio a los medios más complacientes. O apaciguará las ínfulas de los contras.

Donde se encuentren hombres en estado casi animal de tanta pobreza, el poder es capaz de avanzar hasta —como ya se vio en América— esterilizar mujeres para que no sigan pariendo hijos. Por unos trozos de pan o algo de ropa, se chantajea a indefensas mujeres. Y como la palabra incentivo es la gran justificadora de la época, porque sin incentivo no hay mundo, ni progreso, ni autopistas ni teléfonos, se estimula a los médicos. Es decir, se compra la conciencia de los profesionales mejor preparados para entender la dignidad de una persona, y a ellos, y a ciertos agentes de salud que no son otra cosa que representantes del Estado —por ahora se habla del Perú, pero quién duda de que la idea es excelente y necesaria para cualquier zona de la América devastada por el hambre—, se les pagan unas monedas para que convenzan a esas mujeres, mareadas entre llantos de hijos con pancitas chifladoras impacientes y maridos borrachos de alcohol puro. En la puerta de una choza, en el agujero que hace de puerta, nada menos que un médico, sobrellevando estoicamente el asco de los olores, se está ganando dos dólares: le habla cariñoso y convincente a una pobre chola. Que *para qué vas a tener más hijos. ¿Para que se te sigan muriendo de hambre, mujer? Viene ese borracho de tu marido y se te tira encima y zas, le metés otro hijo al país.* Ella deja la mirada perdida en el horizonte marrón de las otras chozas, ve jugar en los charcos —que no sirven de espejo— a muchachitos de costillares a la vista, ojos hundidos, brazos como ramitas. Y piensa. Evalúa. El médico, ahora psicólogo, la deja, la espera. La elección de la víctima es entre algo que le pertenece, pero ya no sabe definir cómo —si es que alguna vez lo supo— y ese pan, esas ropitas a entregarse casi de inmediato. Cuando ella pregunta *¿Duele?*, el representante del Estado ya sabe que acaba de embolsar un dólar setenta y cinco en una jornada que apunta, por lo menos, para hacerse de treinta dólares.

La felicidad es no existir. Ninguno de los hijos de esas mujeres violadas por el propio Estado puede tener una vida mejor que aquellos que ya no vendrán a ser estorbos, estadísticas horrendas. Disminuirá la mortalidad infantil, la deserción escolar, la desocupación, la delincuencia. El poder recorre los caminos posibles, no los soñados. Tiene fines, no principios. Si miente, es por el bien de todos, aunque ahora mismo no lo entiendan. Si se apropia de más poder, es para terminar una tarea que se ha impuesto. Si pervierte a la justicia, a las mismísimas supremas cortes, es para tener un marco legal que no interrumpa su gestión. Si roba es porque se necesitan fondos para la causa. A la pobreza no la combate, la tapa. A la educación la ignora, porque termina siendo enemiga. A la cultura la odia, pero es a la que menos le teme: su contracultura televisada es inmensamente más poderosa que el boca a boca de la resistencia. La dormidera social es uno de los pilares. A cada minuto caen en la red nuevos distraídos. Y del otro ejército, el de los enormes livings, el de los shoppings, nunca habrá alguno que se escape y cruce la línea: es más difícil salir de la indiferencia que de la locura. El poder es más fuerte que la libertad. La da, la cercena, la disfraza, la miente, la vende, la privatiza, la defiende de las ideas extranjerizantes. O bien extranjeriza todas las empresas.

Libertad de seres aislados, entretenidos en el sálvese quien pueda, comunicándose por Internet: no preocupa. Libertad de seres masificados por la angustia y los miedos sobre el destino de la pobre Paula, la pequeña diabla, las dos hermanas, la venganza de la hacendada, y la madre soltera de las novelas... o los goles, o los shows hablados para entender el mundo, o los regalos de autos cuyos dueños no podrán pagar la patente y los venderán a mitad de precio a los mismos generosos benefactores... ésa sí es una libertad posible, ponderada.

La dignidad sólo recibe agresiones del poder. Su espada es la oposición, el periodismo, y una suerte de conveniencia que pudieran detectar los dueños del mundo. La oposición es, por naturaleza, la que salvaguarda políticamente los derechos humanos, la justicia social, la educación, la cultura. Es curioso que estos hombres, sabiéndose más útiles desde la vereda de enfrente, quieran pasarse a la vereda del poder. Sueñan un mundo y, sin embargo, se condenan a traicionarlo. ¿Qué tiene que hacer en el gobierno alguien que quiere luchar por un reparto menos criminal de los bienes? ¿Cree sinceramente que puede hacer algo desde el poder? Ser una oposición lúcida es vivir investigando, peleando, confrontando, denunciando. Es darse un discurso creíble y noble, es darse dignidad luchando para que la tengan todos. ¿Por qué los políticos piden siempre ser votados para ser gobierno? Así nadie le dará, de una buena vez, el papel que le corresponde a la oposición. *Vóteme opositor. Si quiere un gobierno que lo respete, vóteme opositor. Póngame donde pueda pelear por usted y no contra usted. En un sitio desde el cual yo no deba mentirle.* Pero no. La obsesión es ser gobierno. Saben lo que hay allí, quiénes dan las órdenes y lo que ocurre con los que no son obedientes. No obstante, igual allí quieren estar.

Un leve rastro de la sabiduría que se atribuye a los pueblos —idea de muy escaso prestigio hoy día—, sería el darse los mejores hombres para mejor escudarse frente al poder. Cuanto más alto el dique, menos estropicio podrá ocasionar ese río turbio que el poder es.

El periodismo, por su parte, debiera representar un rol decisivo. Es el único que puede permanecer cerca de la gente, entre los factores preponderantes. Pese a semejante atributo, el hecho de haberse convertido en poder en sí mismo, ha hecho claudicar en muchos países su credibilidad. Absorbió tales proporciones su semejanza con los tiempos de la concentración de poderío y riqueza, que el periodismo ha instalado en los últimos años la misma sensación de desamparo que proyecta el poder político. No es sencillo detectar cuándo sus títulos y comentarios proceden de una irreductible pureza ética. Su afán por aumentar influencias, su competencia salvaje con los otros medios y los mismos gobiernos, lo llevó a darle la espalda a la hambruna de dignidad. Para que la situación se tornara más grave y de improbable retorno, accedieron al periodismo recursos económicos que corresponden a otros distintos intereses. Ya no son nacidos periodistas los dueños verdaderos de muchos medios. Ya no son auténticos fiscales que actúan en el nombre del pueblo, los que fueron periodistas. Un título perturbador para el gobierno puede ser parte de una negociación en la que las autoridades no quieren ceder. O una estadística favorable, un guiño amistoso por la adjudicación de algún privilegio.

Los últimos años globalizaron todas las relaciones de poder, y le han hecho tanto pie a ese salto sin conciencia dado por los dueños de los medios que los han dejado como si alguien hubiera oprimido la pausa en el video. En el aire, tironeados de un lado por la conciencia buena del verdadero periodismo y del otro por los diabólicos llamados a tener mayor predominio en la estructura del poder, son los medios de comunicación la esperanza eclipsada de un refugio para los valores de la dignidad. Ellos tienen que luchar contra la tentación del poder. Contra la necesidad vendedora de la época: esa que sostiene que los diarios deben seguirle el rumbo a la televisión. Idea que prosperó en razón de la pertenencia de los diarios y las radios y los canales de televisión a los mismos dueños. Y a la advertencia surgida de algún gerente de marketing que descubrió que el público quiere leer sobre aquello que aparece en las masificadoras pantallas de la televisión. Si no existe en la TV, no existe; y deja de interesar. En cambio, si cuatro millones de telespectadores vieron anoche un episodio mínimo, frívolo, estúpido, un escandalete, una polémica a los gritos o un asesinato, un diario que se precie no puede ignorarlo hoy. Se instala una especie de nuevo criterio ético. ¿Existió en la televisión?: pues entonces, desmenucemos, comentemos y encuestemos sobre tal episodio. No hay artistas, no hay valores, no hay gente... si no es digna de la pantalla. No hay vida, afuera.

Por la mañana, los comentaristas de radio hablan sobre la televisión. Parecen sacar provecho de la producción que en sí misma implica el hacer un juego de talentos, una aproximación dialéctica, sin extremar sus propias posibilidades y obligaciones de generar estética. Le sacan el jugo a la televisión para no producir ellos. En los diarios, los temas son los de la diosa electrónica: en el mundo del espectáculo, en las páginas policiales —donde muchos medios encontraron refugio seguro para dar la sensación de informar aun a despecho de haber señalado antaño que tal actitud era una explotación del morbo de los lectores—. Los diarios no se detienen a mirar, en todo caso con la debida compasión, a los periodistas televisivos —y tampoco a los de las radios que, impotentes, siguen esos pasos porque ahí donde va la televisión debe de estar la noticia—, moviéndose como ejércitos siniestros, apuntando a criminales e inocentes con micrófonos que parecen lanzas arropadas con sombreritos identificatorios —para que se sepa a cuál escuadrón pertenecen—. Que ametrallan a sus víctimas con obviedades, gritos ininteligibles, acusaciones absurdas; centros paranoicos tropezando, encimándose, agrediéndose. Que luego de participar de espectáculo tan desagradable reivindican el derecho de informar a la gente, pronuncian discursos sobre la libertad de expresión, se muestran valientes advirtiendo que de todas las maneras seguirán el asunto aunque no le guste a ese señor que acaban de pisotear, babear, incriminar y apostrofar. Y finalmente, con jadeos que son más o menos teatrales según el grado de pudor en cuestión, prometen volver en cuanto el conductor lo considere necesario, con gesto de seguir al pie del cañón. Infelices usados, tontos útiles al deformante espejo de las cámaras, preguntan en la pausa: *¿Cómo salió esto, che?*

No entraremos, no ingresaremos en el milenio que viene sin códigos éticos. No se puede amar el periodismo y ser parte de esa inmundicia. Ya hay dinero y poder de sobra. Entonces, como para empezar, es necesario reunirse y poner algunas vallas, un decoro mínimo. ¿Por qué hombres cultos, de elevada autoestima, bienintencionados en cualquier reunión social donde se hable de la vida, en su tarea empresarial auspician o pierden el control de estos comportamientos? No serán esos jóvenes periodistas impedidos de revisar su papel, obligados por las urgencias económicas y el deseo de estar en la televisión a cualquier precio, quienes puedan poner frenos a un comportamiento que atañe tanto a sus dignidades como a la gente que los ve. Eso tiene que venir de arriba, de las jerarquías más altas de los medios periodísticos, de quienes aún conservan poder sobre sus propios actos. No hay razones lógicas para pensar que ese espectáculo los representa. No son expresiones de su educación, no. Y cuando sus pares culturales les reprochan, manifiestan que eso es lo que el público quiere. Y que ellos tienen una empresa con fines de lucro, no una institución de beneficencia. Dicen que tampoco ellos mismos lo soportan, pero que de otra forma no pueden competir. Y sonríen como si se tratara de una travesura. Pero no es una diablura inocente. Es nada menos que ser los propietarios del mundo cultural que sus medios proyectan. Ellos tienen los tirantes del techo, y los ponen más abajo. Cada hora. Asfixian. Y convierten sus mundos en sitios donde lo mejor es irse. A otros títulos, otros debates, otros canales, otros países.

Y el que no puede escaparse a tomar oxígeno es un prisionero, no un ciudadano. Sólo pueden liberarlo esos hombres de la política: los que se animen a no ser gobierno si para lograr eso deben negociar sus conciencias. Pero ya fueron derrotados. Porque ellos saben bien que no vencerán si se enfrentan con el establishment económico mundial. Y juegan a ser cómplices, acaso creyendo que después podrán dominar a ese potro con corazón de diablo, desbocado sin riendas, sin domador posible.

Patéticos. Si no despiertan en la gente los dormidos o perimidos criterios de dignidad, si no toman esa bandera, si no es con ella que se plantan en la batalla, sólo serán una diferencia de grado, un matiz. Acaso podrán soñar con ser menos obscenos, proyectar imágenes más decorosas del poder. Pero ya verán, cuando el primero de ellos robe, cuánto es de difícil denunciarlo —dado el costo político que eso acarrea—. No es un error del sistema: es el sistema. Ya entenderán cómo, sin supremas cortes controladas —¡Dios!, la Suprema Corte, la de los hombres más sabios y más justos, la protectora de todas las leyes, esa que no puede parecerse a los pálidos consorcios de hombres simples en reuniones a las ocho de la noche donde se vota levantando la mano para poner un sillón nuevo en el hall del edificio—, sin supremas cortes controladas no hay gobierno posible. Ya tendrán que sentarse con el número 3 en un banco mundial cualquiera para que se les ordene qué hacer, si es que se necesita una nueva dilación en los pagos de los intereses. Ya abrirán los brazos escandalizados, casi dignos en el ademán, para gritar que así se les muere la gente. Y ya oirán la respuesta: *De la otra forma también.*

Si los hombres de la oposición, por naturaleza una reserva ética de la sociedad, o los medios de comunicación, estableciendo un equilibrio entre los invictos intereses y los vapuleados principios, no son capaces de ingresar en el nuevo milenio con otra concepción de sus roles, las grandes empresas deberán entonces asumir en su acción directa sobre la gente unas de las últimas posibilidades para mantener cierta dignidad. De lo contrario, se seguirán abriendo las puertas a la creciente locura de la sociedad. Ya se discute —por lo menos entre el concepto de un trato más humano y otro más duro— cuál es la mejor vía para lograr la bendecida eficiencia. Pero se está muy lejos de empresarios que se vanaglorien no sólo de sus ganancias sino también del trabajo que ofrecieron y dieron. De la calidad del trabajo.

No es aconsejable pegarle tanto al hombre. En el piso 25, alrededor de la mesa del directorio, hay una cierta tranquilidad. Pero está la calle, y están los hijos, y están los amigos. No hay un botón eyector para quitarse de encima a esos millones de postergados, desocupados, ofendidos, hambrientos, y un mal día revanchistas. La vida no puede valer tan poca cosa. Y si un hombre no vale nada, si es sólo un número, la vida de nadie —por más custodios que se tengan y barrios cerrados que se habiten— vale demasiado. Miles de personas han delinquido en los últimos años sin haber imaginado nunca que serían capaces de hacerlo. De nunca a la primera vez hay un larguísimo ejercicio. Un miedo y una vergüenza infinitos. Pero de la primera vez a la segunda el tránsito es un pestañeo.

No puede ser así de sencillo dejar a una persona sin trabajo. Es demasiado lo que se le quita, y cada día es más. Ya no es solamente la condena sin reservas a sectores que no recibieron educación, que no han probado un bocado apetitoso en toda su vida. Se trata también de hombres y mujeres con metas y sueños que creyeron posibles, que pueden pensar, y por lo tanto sufren de otra manera la agresión. Los han puesto en un tobogán, y ellos sienten que mientras caen hay quienes aplauden lo gracioso que resulta verlos tan perplejos, abrazados a sus hijos y a sus mujeres, diciéndoles hasta nunca a sus barrios, clubes, colegios, amigos y países.

Sin embargo, si las escasas reservas que existen —los políticos opositores, los dueños de los medios de comunicación, las empresas— mantienen intacto su fracaso, pues, nos queda el hombre. Dignidad es, cuando todo parece perdido, conciencia de lo que a nosotros, los hombres, nos está ocurriendo. Y la certeza de que empeora. Y la convicción de que no debería ser así.

17

CAMBIO UN HOY POR UN MAÑANA

Laura abrió la puerta con una mano y entró detrás de su hombro. La despareja lucha que libraba con esas veinte carpetas del bufete, la cartera y los suplementos de espectáculos de dos diarios, más el sobre con el sueldo —ahora apretado entre los labios y cayendo como un pañuelo—, estaba llegando a su fin: en la mesita aliada de todos los retornos empezó a deshacerse de la carga. Y bastó esa fugacidad, para detectar en el aire húmedo un mensaje de esos que pueden cambiarle a uno el curso de la vida.

Once no pronunció el clásico *¡Hola, mamá!* estirando el brazo y sin moverse del sillón-tribuna delante de la tele. Entonces era cuando ella penetraba en el hueco hábil que su padre le dejaba, y la mano de él, sin necesidad de mirarla, la traía hasta la mejilla casi nunca bien afeitada. Ella dejaba la nariz apoyada contra la cara de Once unos segundos y enseguida le asestaba otro rápido beso acompañado por una caricia "quitapelusa" en el hombro. Era un saludo silencioso, intenso, esperado. En ocasiones un leve comentario, mientras duraba el abrazo. Y de buen humor, Once era capaz de decirle algún piropo de origen cinéfilo: *Ni Sissí bajando por la escalera es comparable a tu entrada*. Sintiéndose triste le agregaba: *piba*. Si en cambio pronunciaba *Laura*, seguro que estaba enojado con el noticiero o con su mujer.

Pero ahora la televisión estaba con el volumen en cero, y en la mano que habitualmente acompañaba el saludo de su padre unos papeles, una carta.

—*¿Algo malo, papá?*

—*Depende. Saludá primero* —se asomó detrás de la carta y sus ojos tenían una leve, irónica y aliviadora sonrisa—. *No es nada y puede ser mucho. Vas a tener que leer...*

—*Y vos andá contando las ganancias de la piba* —dijo Laura, cambiando de la mano de Once, mientras lo abrazaba, las hojas misteriosas por el sobre con el dinero del sueldo. Y devoró la carta. Sólo tiempo después revelaría que, cuando encontró al pie de la última página el nombre del remitente, supo que en ese instante empezaba una nueva historia—. *Baruj. ¿Es Baruj, el del banco?*

—*Laura, esto es una fortuna. Hay más de setecientos pesos... ¿Qué otro Baruj conociste en tu vida, piba?* —El padre estaba contando una y otra vez los billetes nuevos, y deslizaba los dedos con el cuidado de quien tiene la esperanza de que aparezcan algunos más—. *Siete treinta y cinco. No te vas a querer ir con papá.*

—*¿Irme adónde, Once? ¿De qué me estás hablando, papá, que me vuelvo loca?*

Él hizo el ademán de un hombre que ya ha explicado todo con lujo de detalles. ¿Adónde podría ser? ¿De dónde venía la carta?

—*¡A Israel!* —exclamó Laura—. ... *¿A Is-ra-el?*

—*Mal silabeado.* —Y poniéndose de pie, abrazándola:— *No puedo más, mi vida. Quizá no nos vayamos a ninguna parte, pero dejame soñarlo. Dejame mandarlos a la mierda. Dejame hacerles pito catalán desde un avión. Yo sé que no puede ser, pero lo vuelvo a pensar y me digo que sí, que por qué no. Que cómo no va a haber un metro cuadrado mejor que éste* —y sollozando le dio un beso a la pantalla de la TV, como si el aparato fuera una persona—; *no digo que sea como mi hijo porque esto es una porquería, ni mi mujer porque esa mina es una santa. Pero me estoy volviendo loco, piba, y soy tan guacho que te arruino ese orgullo divino que traés con el aumento...* —Y siempre sin soltarla, abrazado a ella como si fuera él más pequeño que su hija:— *Seis horas esperándote con más angustia que si de verdad venía mi madre y me encontraba sin los deberes hechos. Y vos llegás, como un ángel; venís a la misma hora, sin darle bola a los mil puntos que te invitarán a tomar un café. Nunca me decís nada y venís a la misma hora, en el mismo corte comercial: veo el aviso de la mermelada y sé que oigo la llave. Y que nunca me vas a decir nada. Pero lo hacés por mí. Porque cuántas veces dirás que no, que tenés que volverte temprano, decime. Y todo para no fa-*

llarme, a mí que te traiciono queriéndome morir y resulta que la vergüenza no mata...

Laura vio que su madre estaba parada detrás de Once. No lo alertó. Sólo lo acarició, sin recibir resistencia.

—*¿Puedo pasar un aviso?* —y con la ayuda de la madre suavemente empujó a su padre hasta el sillón. Mientras Once balbuceaba "qué papelón, muchachas, qué papelón", abandonó las hojas en una silla, se paró detrás de él, le puso las manos sobre los hombros y empezó a insinuar un masaje—. *Vayamos por partes.* —Tomó nuevamente las hojas; sin soltarlo, con una mano las acercó desde atrás hasta los ojos de su padre y las devolvió a la silla indicándole con ese gesto que lo primero no sería la carta—. *Antes que nada debe quedar claro que la señorita aquí presente tiene mediodías, medias tardes, sábados por las noches, domingos, en los que juega a vivir: engatusa, la seducen, deja, la dejan. La joven hace su vida. Con alguna ventaja, cual es por ejemplo que para sacarla de su casa la tienen que llevar a un lugar muy confortable, con mucho mucho amor, y el que lo consiga tiene que ser un tipo que la haga reír, que le enseñe cosas, que sea derecho, tierno, noble, muy digno, y que esté dispuesto a dejarse matar por ella. En todo caso* —Laura apoyaba sus palabras en la sonrisa de su madre—, *lo que vos me hiciste ya no tiene arreglo: pusiste una medida muy alta de lo que yo quiero de un hombre. Y no va en esto mencionar que debiera ser así de buen mozo como vos, aunque el señor no pasa hoy* *por su mejor momento; digamos que está venido a menos* —bromea pasando una mano por la cara sin afeitar de Once, y es como si sus dedos corrieran por las cuerdas de un arpa—, *un poco cachuzo* —sigue, acariciándole la nuca—, *con menos pelo que en mejores épocas, un poco triste... no, muy triste, recontraembromado y desmemoriado.* —Y apoyándose sobre la espalda de Once dejó caer su cabeza en ese hueco entre el hombro y el cuello.— *Tan desmemoriado que no se acuerda de que su familia está dispuesta a irse al fin del mundo. No a Israel; al fin del mundo si él, simplemente, nos chista.*

18

LA CARTA

Mi viejo amigo:

Te escribo desde Kiriat Yam, en Israel, y me imagino la sorpresa que te provocarán estas líneas después de tanto tiempo, y desde este lugar. Pero el otro día vi una película de Aristarain y me acordé que él era uno de los pocos que vos te bancabas del cine argentino. Yo fui a verla más que nada porque con las películas en castellano puedo rebuscármelas. Hablo un poco del idioma de aquí, pero te imaginarás que no leo nada. Y entonces me acordé de vos, y me imagino que seguís en la mala, como estaba yo que me salvé porque me pude venir, y si te digo que rescaté todo lo que había perdido allá no me lo vas a creer.

Once lee marcando las palabras. Un poco para impresionar, pero también para entender la letra de Baruj.

—¿Él también se había quedado en la calle? —pregunta Laura.

—No sé bien. Lo empecé a perder cuando hizo la hipoteca de la casa. Tenía una hipoteca chica, creo, pero tuvo que hacer una más peligrosa, y de ahí no levantó más cabeza. Había perdido el laburo en el banco, también en el '92 de porquería, y se metió en una venta de artículos de limpieza. Le fue bárbaro al principio y quería que yo entrara, pero había que poner plata así que imaginate. Menos mal que no entré. A los pocos meses empezaron a andar mal las ventas. Le había quedado un solo cliente, creo que el Concejo Deliberante de Lomas, que le compraba unos tres mil pesos por mes. Pobre Baruj, me llamó una mañana desesperado. Lo quería coimear la encargada de compras, una mujer, fijate vos; Graciela, Susana..., uno de esos nombres originales como el que te pusimos a vos, que siempre se me hacen iguales. No le des un centavo, le dije. No trancés que todavía podemos, le aconsejé como un idiota. Me pidió que lo acompañara y nos fuimos a la empresa de la que era distribuidor, "Relevan" o algo así. Ahí les contó todo y el capo le dijo: dale 700. ¿Cómo 700, cómo 700?, protestaba Baruj, con eso yo vivo, ¿cómo le voy a dar ese platal? Hagámosle una cama, hay que meterla en cana a esa hache de pe. Y el otro lo miraba como si estuviera hablando con un idiota: Golchmit, cuando perdamos todo, ¿usted se hace cargo de los treinta jefes de familia que queden en la calle? Dele 700. Y si no la entiende así, largue, ¿qué quiere que le diga, Golchmit? Y se

fue. Ahí lo empecé a perder. —Once se queda con la mirada puesta en su mujer y después vuelve a la hoja amarilla con renglones, escrita a máquina:—

No sabés el alivio que siento. Ni extraño ya. Al principio los muchachos estaban medio embromados, pero no sabés lo que es verlos ahora. El mayor, Guillermo, ¿te acordás?, el de Independiente, que te cargaba cada vez que te veía, ése me entra al Ejército. Y las dos pibas son unas campeonas. No sabés lo que vale levantar cabeza después de tanto desastre. Nunca pude salir de la hipoteca grande. En la mueblería de Mataderos, ¿te acordás, no?, ya no vendía ni coimeando. La flaca se puso un videoclub en casa, y comíamos con eso. Comíamos, porque lo que era agua y luz nos las fueron cortando. ¡Qué lo parió, hermano! Cuando quisimos acordar estábamos "enganchados", sacamos la traba del gas y vivíamos en infracción; nos veíamos presos ya. Al tercer mes de la mueblería el dueño no me pudo pagar, y me quedé con la hipoteca. Después vino lo del Falcon, creo que algo te dije por teléfono un día que vos estabas chiflado con Nino, el de la fábrica, porque se te atrasaba con las cuotas del despido. Bufabas, me acuerdo. Con el remís comíamos, pero yo ya estaba desquiciado. Un día casi mato a una mujer por andar a lo loco, y ahí me di cuenta de que estaba muy enfermo. Y ya no te vi más.

Pero no sé si alguna vez me olvidé de vos, sos tan gran tipo. Bueno. Un día me llamó un abogado para ofrecerme plata por mi propiedad, nos daba seis meses para buscar otra casa. Cuando se cumplió el plazo un ex compañero de la primaria me habló de una casa suya en Monte Grande; cuando la vimos se nos vino el alma al piso, pero era lo único tangible. Y llevamos todo para allá. Pero la promesa del dueño de que casi nunca iban a la casa fue una mentira, todos los días los teníamos ahí, molestándonos, y con el único propósito de sacarnos lo poco que nos quedaba.

—*Papá* —interrumpe el más chico de la familia—, *¿no ponen bombas en Israel?*

—*Aquí también, bebé. En todos lados hay peligro* —contesta Once sin levantar la vista de la carta—. *Este amigo de papá tiene miedo hoy. Hoy tiene miedo, ¿me entienden? Pero no tiene miedo del mañana. Regalo todos los hoy, no los ayeres, los hoy* —y levanta los ojos hacia el techo— *si me devuelven un cacho de futuro.*

—*Lo vamos a tener, Once. Donde sea el futuro volverá. ¿Por qué no seguís leyendo?*

La flaca un día me comunicó que se iba con los chicos a lo de su madre y que además quería el divorcio. Charlamos un largo rato, lloré y le pedí tres meses para conseguir algo para alquilar, y lo aceptó. Seguí trabajando con el remís, pero cada vez con menos ganancia. La misma persona que me había conseguido el primer auto para manejar nos contó que su padre alquilaba un departamento, así que enseguida nos mudamos otra vez. Mi mujer iba al Once a comprar cosas y las vendía en los quioscos y negocios de regalos, caminaba muchísimo, cien cuadras por día la pobre, y vendía bastante bien. Pero lo del remís ya no caminaba nada y no quedaba mucho por hacer y a qué dedicarnos. Pasó otro mes, y otro. Después de un año y viendo que no podíamos pagar el alquiler y que la deuda se acrecentaba y que la luz la habían cortado nuevamente (y "enganchados" otra vez), mi suegra habló con mi mujer y la convenció de que ahí no teníamos futuro, ni nosotros, ni los chicos. Más que Guillermo había dejado de estudiar a los 15 años para darnos una mano. Entonces comenzamos los trámites de radicación en Israel. Todo duró tres meses, durante los cuales Miriam y los tres chicos vivieron en lo de su madre y yo en la casa de mis viejos. La última coima que me castigó fue en la Policía Federal, que sabiendo la fecha que teníamos el vuelo no me entregaban los pasaportes. Fue el último día, un sábado hora 9.30, que gracias a un radiograbador entregado de "regalo", un suboficial a cargo de las firmas hizo todo, lo que no hizo o no quiso hacer durante veinte días, en menos de cuarenta minutos. Recibí los pasaportes, fui a la empresa

Zim encargada de darnos los pasajes, fecha y hora de vuelo; de allí a la embajada de Israel, entregamos todo para la visa y pocos días después partíamos hacia la tierra prometida.

Y bueno, contarte que ahora nuestra vida cambió, que los chicos estudian, que mi señora trabaja tres o cuatro días a la semana de acuerdo con las necesidades de la empresa... es la misma en la que trabajo yo, una gráfica donde se imprimen los diarios del norte y centro de Israel. No sabés, viejo amigo, cuánto agradezco a Dios la puerta que nos abrió y el haber conseguido, en casi dos años de estar aquí, un trabajo estable, con sueldo digno, y recuperar casi todo lo que perdimos allá, hasta nuestra casa perdimos, y otras tantas cosas que siempre soñé y que nunca pude comprar, como un horno microondas, un horno con grill, una casa con aire acondicionado frío-calor. Que debería ser lo normal, para que la gente viva bien.

Ahora, hermano, quiero decirte muy en serio que si alguna vez estás hecho pomada acá tenés un amigo, y así como un primo mío que hace dieciséis años que vive aquí me dio una mano, yo estoy a tu disposición. Te estoy diciendo concretamente que si querés te puedo traer, y si te preguntás cómo no te pienses que tenés que ser judío. Eso sería mejor, facilitaría las cosas, pero, en serio, sin faltarle el respeto a tus convicciones también puedo ayudarte con un rabino piola, moderno, para que en tres meses seas de esta religión. Eso haría todo más fácil, lo que no quiere decir que sea imprescindible.

A lo mejor leés esta carta y pensás que estoy loco, pero vos no sabés lo que es sentirme fuerte de nuevo y pensar que, ojalá no lo necesites, de alguna manera puedo ayudar a un tipo como vos... Mirá, la verdad, para no andar con vueltas, sé, no importa cómo, que estás muy mal. Y yo sé lo que es eso. Y a vos te doy la mano, la casa y todo.

Saludos de mi mujer que dice que le va a escribir por su lado a la tuya, pero no le creo porque es lo más fiaca que hay. Un beso a tus hijos y si no precisás nada, si no te animás, o lo que sea, igual escribime y mandame fotos de tu familia. A ver si Laura sigue tan linda, y cuánto crecieron los varones.

Un abrazo.

Baruj

—¿Te harías judío, Once?

—¿Por qué no?

—Siempre has dicho que creés más en Jesucristo que en Dios, y al que dejarías en este caso sería a él.

—Si él era el inspector, informó mal, Laura.

—Yo estoy con vos en todo, me voy mañana mismo si querés, pero tratá de no cambiar. No te ubico en otra fe, y mucho menos mintiéndola.

—¿Y si me convencen? Yo voy y escucho.

—No. Ésa no, Once. Ésa no me la creo, no me

gusta. No te quiero dar golpes bajos, pero te saco nada más una foto de mi comunión y te hago temblar todo.

—Cuando vos tomaste la comunión tu padre era otro hombre...

—Yo sé que seguís rezando, no me digás cualquiera, Once querido. Vos juntás las manos y tenés en la cabeza una cara de Jesús y le rogás, y le agradecés que en esta malaria por lo menos estemos sanos, y le agradecés que yo te adore, y le agradecés la mujer que tenés y le pedís por estos dos perejiles.

—Ya no es tan cierto eso. Hace rato que estoy cabrero, Laura.

—Tendrás una cierta apatía. Yo también. Todos estamos algo perplejos.

—Es como que el tipo está paralizado por la macana que se mandó. Si mi Dios hizo este mundo...

—Yo no quiero ser Dios. Ya lo has dicho y como frase está bien. Cuando tenés rabia es una forma elegante de desafiarlo. No lo negás, lo acusás.

—Y si no me convierto, ¿vendrías?

—Y si te convertís también, que te quede claro. Ni por Dios me perdería el espectáculo de verte pelear de nuevo.

19

UNA DESPEDIDA PUEDE SER UN BUEN PRINCIPIO

—Hagamos el amor.

—¿Qué decís, Laura?, ¿qué decís? Hace una eternidad que espero. He querido ser tu confidente, tu amigo, y lo único que soy es un pobre tipo que te ama como una bestia desde que te vio en la cola del solarium aquel. Y vos ahora me decís...

—...hagamos el amor. Por todo eso, porque lo sé desde siempre. Te doy mi última noche en la Argentina.

—Pero yo no quiero un premio, una dádiva.

—No ofendas. Eso es tonto. No quiero hablar de amor, no nos podemos involucrar. Pero quiero que entiendas, cuando hagamos el amor, que no es porque no te quiera que no hablo de amor. Dame la mano, no seas chiquilín. Te demoraste un poco en mencionar el amor.

—No se salta así nomás de la amistad a esto otro.

—Menos si se tiene novia...

—Tenía.

—De acuerdo. Pero no se trataba, entonces, de que

no podías hablar de amor para no traicionar una buena amistad. Tenías conflictos. Bueno, yo tengo un inmenso deseo de despedirme a lo grande de mi país y no puedo, no quiero, que una mujer que se pianta y un joven que se queda en su vida, en su mundo, a diez cuadras de la casa de su novia...

—De su ex.

—... de su ex, sí señor, se metan en compromisos, por el momento, imposibles de asumir. Estas dos personas tienen asuntos no resueltos, y una de ellas tiene sin embargo unas ganas locas de hacerle el amor al otro. Y es lo que harán si ese otro paga estas bebidas de una buena vez, mete a la chica en un taxi, y deja hacer a sus manos, sin preocuparse por nada.

—Esto es de ciencia ficción. Me da vergüenza hasta por tu viejo que me hablés así.

—El señor Raúl, recuperado como persona, sería perfectamente capaz de recordar que desde la primera vez que estuviste en casa me dijo: Eduardo, ¿no? Y yo: Eduardo, ¿qué? Y él: nada, que me parece que se miran, y que me parece un pibe genial.

—¿En serio?

—En serio. Pero no serías un pibe genial si te perdieras esta oportunidad.

Laura y Eduardo se quedaron de la mano, desnudos, viéndose en el espejo del techo. Se miraban cada uno a sí mismo, sin saber dónde terminaba el sudor y empezaban las lágrimas.

Con voz mansa, aunque firme, Laura habló:

—Si soy capaz de dejar mi país, mi ciudad, mi barrio, mi casa, mi carrera, mis amigos... tengo que ser también capaz de dejar un amor, este amor, Eduardo. ¿Te acordás de aquel poema de Manuel Scorza?, "Epístola a los poetas que vendrán" creo que se llama, que me lo sé de memoria:

Tal vez mañana los poetas pregunten
por qué no celebramos la gracia de las muchachas;
quizás mañana los poetas pregunten
por qué nuestros poemas
eran largas avenidas por donde venía la ardiente cólera.
Yo respondo: por todas partes se oía el llanto,
por todas partes nos cercaba un muro de olas negras.
¿Iba a ser la poesía
una solitaria columna de rocío?
Tenía que ser un relámpago.
Yo os digo: mientras alguien padezca,
la rosa no podrá ser bella;
mientras alguien mira el pan con envidia,
el trigo no podrá dormir;
mientras los mendigos lloren de frío en la noche,
mi corazón no sonreirá.
Matad la tristeza, poetas.
Matemos a la tristeza con un palo.
Hay cosas más altas

que llorar el amor de tardes perdidas:
el rumor de un pueblo que despierta,
eso es más bello que el rocío.
El metal resplandeciente de su cólera,
eso es más bello que la luna.
Un hombre verdaderamente libre,
eso es más bello que el diamante.
Porque el hombre ha despertado,
y el fuego ha huido de su cárcel de ceniza
para quemar el mundo donde estuvo la tristeza.

Después, Laura inició ese llanto que pretendía silencioso, pero que era denunciado por los saltitos de su estómago, por las ligeras convulsiones de todo su cuerpo. Y que se fue convirtiendo en un grito. Que Once hubiera comparado con el de Liza Minelli, bajo el puente, en "Cabaret". Y que Raúl hubiera reconocido como la única queja de esa hija sin la que nunca hubiera sobrevivido para volver a ser de nuevo un hombre con nombre, con horarios, compañeros de trabajo, retornos a casa, mate esperándolo para desgranar historias mínimas de esas que no tienen ninguna importancia y que, sin embargo, hacen la vida.

20

ONCE ERA UN NÚMERO. RAÚL ES UN HOMBRE CON SUEÑOS

Raúl se abrazó a cada uno de los muchachos. Esther, su mujer, abrazó efusivamente a Eduardo; avergonzado, él sintió que esa callada señora sabía todo y cuando se apartó no la pudo mirar a los ojos. Laura daba algunas indicaciones a sus hermanos, orientaba a Raúl en los detalles del viaje, decía en voz alta a cada uno de los amigos "escriban, no sean vagos". A Eduardo primero le dijo como al pasar "y vos, queréme siempre"; después lo atrajo, se le metió entre los brazos, y llorando a las risas se dio vuelta, miró a todos y exclamó, por fin: "Qué deschave, ¿no?"

—*Muchachos* —dijo Raúl acomodándose el bolso en el hombro—, *ustedes pongan en la encuesta que en octubre 23 de 1997 hay un desocupado menos y tres estudiantes más. Y escríbanlo con aerosol en alguna pared. Léanlo más tarde.*

¿A qué hora aterrizaría allá en Israel el avión de Laura, Raúl y los suyos? Eduardo calculó: entonces estampó en una pared de una plaza de Buenos Aires palabras atribuidas a Diderot: "Todo hombre tiene su dignidad. Yo estoy dispuesto a olvidar la mía, pero cuando yo quiera, no cuando otro me diga que lo tengo que hacer".

Este libro se terminó de redactar hace varios meses. De allí que posiblemente las estadísticas aquí mencionadas hayan cambiado, aunque seguramente acentuando su tendencia negativa.

ÍNDICE

Esta edición de 8.000 ejemplares
se terminó de imprimir en
La Prensa Médica Argentina,
Junín 845, Buenos Aires,
en el mes de julio de 1998.